新潮文庫

田沼と蔦重

早見　俊著

新潮社版

12039

目次

田沼と蔦重

第一章　盤石の揺らぎ

一

江戸日本橋通油町《とおりあぶらちょう》、地本問屋が軒を連ねているその一角に蔦屋重三郎《つたやじゅうざぶろう》が営む耕書堂《こうしょどう》があった。

店先には多色刷りの錦絵《にしきえ》が並べられ、小上がりになった店内には「黄表紙」と称される挿絵入りの草双紙が積まれた棚が置かれている。

店先には大勢の客が群がり、錦絵に見入り、黄表紙をぱらぱらと捲《めく》っていた。吉原《よしわら》の案内書である『吉原細見《さいけん》』を買い求める客もいる。

天明四年（1784）の三月二十日、桜の時節は過ぎたが春光が降り注ぎ、何処《どこ》となく華やいだ風が吹いている。

帳場机に座った主人の重三郎は、手代たちにあれこれ指図をしながら、羽織袴《はかま》姿の来客の応対をしている。

その来客は武家のような恰好《かっこう》をしているが、朋誠堂喜三二《ほうせいどうきさんじ》という黄表紙の戯作者《げさくしゃ》である。

「重さん、これ読んだかい」

喜三二は懐《ふところ》から書物を取り出した。表紙には、『赤蝦夷《あかえぞ》風説考』と記してあった。

「ちょいと、見くびっちゃいけませんよ」

大袈裟《おおげさ》に重三郎は右手をひらひらと振った。

「もう読んだのかい」

そりゃ悪かった、と喜三二は言い添えた。

ところが、

「読んでませんやね」

けろっとした顔で重三郎は否定する。

「なんだ」

がっくりと喜三二は肩を落とした。

「見くびるなってのはね、あたしゃ地本問屋ですよ。喜三二先生にお書き頂いている黄表紙で儲《もう》けているんです。こういう学術書はね、門外です。門外の物には手を出さないのが、地本問屋の矜持《きょうじ》ってもんでさ」

役者のように重三郎は見栄《みえ》を切った。

重三郎は寛延三年（1750）生まれの数え三十五歳、流行《はや》り物を商っているだけあって、近頃評判の仲蔵縞《じま》の小袖《こそで》を身に着け、茶献上の帯を小粋に締めている。鯔背《いなせ》銀杏《いちょう》に結った髷《まげ》、決して男前ではないが、親しみを抱かせる面構《つらがま》えである。

幕府官許の遊郭街吉原生まれの吉原育ち、実家の蔦屋は茶屋を営んでいたが、重三郎は成人すると貸本業を始め、耕書堂という書店を吉原大門口の五十間道で開業することとなる。

当初は、吉原の案内書である『吉原細見』を売るのみだったが、自らも出版に乗り出した。吉原の茶屋は飲食を提供するばかりか、遊女屋への手引きも行っていたので、吉原に精通する重三郎の『吉原細見』は評判となり、たちまち市場を独占するようになった。これの成功により、重三郎は地本問屋が軒を連ねる日本橋通油町に店を構えられるまでになったのだ。

地本問屋は草双紙、浄瑠璃《じょうるり》本、錦絵など娯楽読み物を扱う、いわば、庶民文化の担《にな》い手であった。この時代、地本問屋は学術書を扱う書物問屋と共に世襲が普通だったのだが、重三郎は一介の貸本屋から身を起こし、一代で地本問屋の株を取得した異例、異能の男であった。

幕政を動かしている田沼主殿頭意次《とのものかみおきつぐ》も家禄《かろく》六百石の旗本から遠江相良《とおとうみさがら》藩四万七千石の大名に、そして老中にまで成り上がった逸材だ。重三郎は異例な政治家田沼意次の政《まつりごと》が生みだした傑物なのかもしれない。

喜三二は苦笑し、『赤蝦夷風説考』を引っ込めようとしたが、

「貸してくださいな」

抜け抜けと重三郎は声をかけ、喜三二の了承を待たずに膝元《ひざもと》に引き寄せた。

「興味ないんじゃないのかい」

「商いにはしないってことですよ。いや、ちょっと、待てよ。赤蝦夷っていうのはオロシャ（ロシア）のことですよね」

「そうだ。ああ、そうか。重さん、わしにオロシャを舞台に黄表紙を書け、と思いついたのだな」

喜三二はにやりとした。

「この本がこれから評判になるっていうのなら、それもいいんじゃないですかね」

重三郎は言い、かいつまんで本の内容を教えてくださいと喜三二に頼む。

喜三二は「しょうがないな」と文句を言いつつもその内容を話し始めた。

ロシアの船が蝦夷地の近海に出没し、国後島《くなしり》や得撫島《うるっぷ》に住むアイヌと交易をしている。ロシアの狙《ねら》いは蝦夷地を奪うことなので、ロシアの侵略から蝦夷地を守る為《ため》に、蝦夷地の鉱山を開発し、産出する金銀銅でロシアと交易をし、友好関係を築くべきだ。

「と、まあ、こんなところだな」

喜三二は話を締め括《くく》り、著者の工藤平助《くどうへいすけ》は仙台藩伊達《だて》家の江戸藩邸に奉公する医師だと言い添えた。

「お医者がどうしてオロシャや蝦夷地についてなんかを書いたんですか」

重三郎の問いかけに喜三二は、工藤が長崎遊学の折に知り合ったオランダの商人や、江戸で蝦夷地を領有する松前藩の藩士から聞いた話を基に書いたらしい、と答えた。

「へ〜え、こいつは驚いた。オロシャってのは馬鹿でかい国でしょう」

重三郎は店の隅に置いていている地球儀を持ってきて、ぐるぐると回した。喜三二も覗《のぞ》き込む。ロシアの領国を指でなぞった重三郎はその指を日本で止めた。

「こんなどでかいオロシャが、こんなちっぽけな日の本の中の蝦夷地を欲しいとはねえ。オロシャ人というのは、よっぽど欲の皮が突っ張ってやがるんだね」

呆《あき》れた、というように重三郎は肩をすくめた。

「オロシャは広大な国だが、領国の多くは蝦夷地以上に寒くて人が住めないそうだ。

見果てぬ荒野が広がる……冬の時節には、雪と氷に閉ざされるのだ。そんなオロシャからすれば、蝦夷地は住みやすい土地なのかもしれないな」

喜三二は地球儀のロシア領を指差した。

「雪と氷に閉ざされている果てしもない大地ってことは、雪女がいるかもしれませんや。人さまが暮らせないとは、オロシャってのは魔境めいていますね」

こりゃ黄表紙ネタになりそうだ、と重三郎は目を輝かせた。

「オロシャを舞台にした戯作は勘弁願いたいね。重さんが言うように、工藤平助の本が評判になって、オロシャに耳目が集まれば、わしの筆が走るかもしれないがね」

喜三二はけらけらと笑った。

「喜三二先生、評判になってからじゃ遅いんですよ。先取りしないと」

真顔で重三郎は言い立てた。

そりゃそうだ、と喜三二は賛同してから、

「オロシャより蝦夷地が気になるな」

と、言った。

重三郎はうなずき、

「なるほど、喜三二先生の本業は秋田藩佐竹さまの江戸留守居役だ。秋田は蝦夷地に近いですものね。蝦夷地がオロシャに奪われたら大変だ。そうしたら、いつ、オロシャが攻めてくるかわかったもんじゃない」

重三郎は地球儀を見て秋田の位置を確かめようとしたが、日本が小さすぎて指差すことができなかった。

「オロシャが秋田に攻め寄せるかどうかはともかく、蝦夷地がオロシャのものになったら、秋田湊《みなと》に寄港する北前船にも影響するのは間違いない」

北前船は、上方《かみがた》から蝦夷地までを瀬戸内海、関門海峡を経て、日本海側の湊を結んで運航する商船である。名称は、瀬戸内海に住む人々が日本海を、「北前」と呼んでいたことに由来する。

北前船は単に商品を運んで運賃を稼ぐに留まらず、船自体が一軒の商店であった。「買い積み船」と呼ばれ、寄港地ごとに商品の取引を行う。このため、船頭には操船技術と共に商才が求められる。

一航海で千両の利益を得ると言われる北前船にあっても、蝦夷地の名産、干鮑《ほしあわび》、煎海鼠《いりこ》、鱶鰭《ふかひれ》といった俵物《たわらもの》は特に珍重される。俵物は蝦夷地を領知とする松前藩がアイヌから買い取って、独占的に販売していた。俵物以外にも蝦夷地で産出する昆布《こんぶ》、鮭《さけ》、鰊《にしん》も高値で取引された。

「もし、オロシャが蝦夷地を奪ってしまったら、松前藩は追い出され、俵物や昆布、鮭や鰊が北前船で運ばれなくなる……するってえと品物が長崎に届かなくなり、長崎から清国《しん》にも運べない……こりゃ大変だ」

昆布や鮭や鰊は日本国内での需要が高いが、俵物は清国でも重宝されている。清王朝六代皇帝乾隆《けんりゅう》帝をもてなす為、揚州の富豪が山海の珍味を満洲《まんしゅう》風に料理して饗《きょう》したのが始まりとされる満漢全席の食材となるからだ。満洲民族と漢民族の料理の粋を集めた満漢全席は三日かけて食される。

長崎から俵物が入らなければ満漢全席に支障をきたす。

重三郎は何度もうなずき、

「清国の皇帝さまはお困りなさりますか、いやいや、お怒りになるでしょうね。何せ、食べ物の恨みっていうのは恐《こわ》いからね」

桑原桑原、と肩をそびやかした。

喜三二は冷めた顔で、

「清国は長崎から手に入らなければ、オロシャから買うだろうさ。蝦夷地ある限り、アイヌが居る限り、俵物はなくならない。買い取る者が変わるだけさ。困るのは清国ではなく、田沼さまだろうな」

と、見通しを語った。

田沼さまとはもちろん幕府老中田沼主殿頭意次である。意次は並ぶ者なき権勢を誇り、幕政を主宰している。

「田沼の殿さまが……ああ、そうですよね。田沼さまは長崎交易に力を入れていらっしゃる。特に俵物の販売には熱心だとか」

重三郎が納得すると、

「『赤蝦夷風説考』が記すようにオロシャが蝦夷地を狙っているのが事実としたら、田沼さまなら、逆にオロシャとの交易に踏み切るかもしれんな」

喜三二は考えを口にする。

「『赤蝦夷風説考』の主張は、蝦夷地で鉱山開発ですか。田沼の殿さまなら手がけそうなことですね。源内《げんない》先生を蝦夷地に送り込むんじゃござんせんか」

源内とは平賀《ひらが》源内のことで、本草《ほんぞう》学、蘭学《らんがく》、医学、地質学、経世済民といった学問に通じているばかりか、戯作、浄瑠璃、俳諧《はいかい》、蘭画などにも造詣《ぞうけい》が深い風流人で、万能の天才であった。

源内は讃岐《さぬき》高松藩の藩士の家に生まれ、藩主に見いだされ長崎に遊学するなどして学問を積んだが、家督を妹婿《むこ》の従兄弟《いとこ》に譲って江戸に出た。自由の身となった源内は八面六臂《はちめんろっぴ》の活躍を始める。

本草学者として物産博覧会を催し、秋田藩に招かれて領内の鉱山を探索、さらには蘭画の技法を伝えた。長崎に遊学した際に持ち帰った阿蘭陀《オランダ》渡りの摩擦で電気を起こす仕組みのエレキテルを修理、実演し、江戸の人々を驚かせた。

その傍ら、浄瑠璃作者、戯作者、俳諧師としても活躍、学者ばかりか文人たちとも交わり、蔦屋重三郎が初めて出版に参画した吉原細見、『細見嗚呼《ああ》御江戸』に序文を寄せているほどの才人だ。

ところが、五年前の安永八年（1779）、酔った上でのいさかいで大工二人を殺傷、自首して小伝馬町の牢《ろう》屋敷に投獄される事件を引き起こした。そして、投獄後一月と経《た》たない内に獄死してしまう。

親交のあった文人、学者によって葬儀が営まれ、重三郎や喜三二も参列したが、罪人ゆえ、幕府が遺体の下げ渡しを許さず遺体がなかった。そのためだろうか、実は源内は生きているのでは、という噂《うわさ》が巷《ちまた》に流れはじめたのだ。

その噂は具体的で、田沼意次が源内を匿《かくま》っているのだ、とまことしやかに囁《ささや》かれていた。意次は源内を高く評価しており、二度めとなる長崎遊学の費用を出し、秩父《ちちぶ》の鉱山開発も任せている。幕府最大の権力者田沼意次なら、罪人となった源内を密《ひそ》かに牢獄から出所させ、自邸に引き取るのも可能だろうという憶測が噂を呼んだのだ。

まさにその噂は真実で、実際、源内は神田橋《かんだばし》にある田沼邸で暮らしている。

但《ただ》し、山本道鬼《やまもとどうき》という山師としてだが……。

このことは、源内と親交のあるごく少数の学者、文人のみに知られており、固く秘密は守られていた。人の噂も七十五日とはよく言ったもので、獄死したとされてから五年が経過し、源内の生存を信じる者どころか噂をする者ももはやいない。

江戸っ子はよく言えば流行に敏感、はっきり言えば移り気が激しい。そんな江戸っ子気質のため、江戸切っての有名人だった平賀源内でさえも忘れられたのだ。流行を商いにしている重三郎が先取りに拘《こだわ》るのは当然であった。

「そうだな、源内、いや、山本道鬼を蝦夷地に派遣するかもな」

喜三二の口調はどこか楽し気だった。

二

そこへ、初老の男が入って来た。縞柄の小袖を着流し、耕書堂、蔦屋と記された前掛けをし、大きな書物箱を背負っていた。

この店の元の持ち主の丸屋小兵衛である。重三郎は小兵衛に地本問屋の株を売ってもらっただけではなく、引き続き番頭のような役割を果たしてもらっており、特に重要な貸本の管理を小兵衛に任せていた。

「よっこらしょ」

小兵衛は書物箱を畳に下ろし、喜三二に挨拶《あいさつ》をしてから重三郎に向き直った。

「小兵衛さん、そんな重いもん、背負わなくったっていいよ。本を貸すのは手代たちに任せてさ、あんたは連中を束ねてりゃいいんだから」

重三郎が気遣うと、

「本を背負っていないと、落ち着かないんですよ」

照れ笑いを浮かべながら、小兵衛は返した。

「丸屋さん、あんたも義理堅いね」

喜三二が語りかけると、

「喜三二先生、丸屋はよしてくださいよ。今は耕書堂、蔦屋の番頭小兵衛ですからね」

にこりとしながら小兵衛はひょこっとお辞儀をした。その仕草に好々爺《こうこうや》然とした顔が際立《きわだ》つ。

「一度、聞いてみようと思っていたんだ。小兵衛さん、どうして重さんの下で働く気になったんだい。地本問屋の株を売って悠々自適の暮らしが出来るご身分じゃないかい」

喜三二に問われ、

「あたしゃ、蔦屋重三郎というお人に惚《ほ》れ込んだんですよ。大袈裟に聞こえるかもしれませんがね、新しいことをしようって気概にね、あたしも一緒にやりたい、くたばる前に重さんと一緒に夢を見ようじゃないかって思いましてね」

小兵衛が力説すると、

「よしとくれな、照れるじゃないかい」

重三郎は自分の額をぴしゃりと叩《たた》いた。

「でも、夢じゃ食えないだろうさ」

と、喜三二に水を差されても、

「重さんにね、夢を見る拠《よ》り所がある、と思ったんですよ。これがね」

と書物箱に視線をおくった。

重三郎は吉原で本屋を営んでいた頃から、貸本業に力を入れていた。普通、貸本先は町人たちだ。町人たちが暮らす長屋を回るのが常だ。しかし、重三郎は手代たちに大名屋敷、旗本屋敷を中心に貸本を行わせた。貸本は、特に大名屋敷で好評だった。勤番侍は外出許可日以外は藩邸で暮らす。彼らは暇を持て余しているが、かといって月三日の外出が決まりなので勝手気儘《きまま》に出歩くことはできない。武家長屋での暇つぶしといえば、囲碁、将棋、それに黄表紙だ。

当然、それを狙って様々な貸本屋が出入りする。

「重さんはね、そんじょそこらの貸本屋と違うんだ。こいつをね、貸本と一緒に手代に持たせたんですよ」

小兵衛は書物箱から春画を取り出し、ひらひらとはためかせた。重三郎は吉原に精通し、遊女と客の秘め事を扇情的に描いた春画を描く絵師たちとも親しかった。重三郎は伝手《つて》を生かし春画を手に入れ、手代たちに持たせることができたのだ。

勤番侍たちは江戸市中で春画を買い求めることは表立っては禁じられていた。重三郎が手代たちに持たせた春画は、勤番侍にはありがたい贈り物であった。

「それに、武家屋敷はお侍がうよういるから貸本の数が捌《さば》けるだけじゃない、色んなネタが拾えるんです。公儀のお偉いさまの醜聞とかお大名家の御家騒動とかね」

小兵衛はにやりとした。

「そのお蔭《かげ》で田沼さまとも繋《つな》がりができたってわけだな」

喜三二の言葉に、重三郎はうなずいた。

「ところで、手代の一人が物騒な噂を耳にしてきましてね」

笑みを深め、小兵衛は言った。目尻《めじり》の皺《しわ》が深くなり、瞳《ひとみ》が輝いた。面白いネタが拾えたようだ。

重三郎と喜三二は耳を凝らした。

「新番衆の御旗本でね、佐野善左衛門《さのぜんざえもん》というお方がいるんだが、随分と田沼意知《おきとも》さまを恨んでいるようなんですよ」

小兵衛は言った。

田沼意知は意次の嫡男《ちゃくなん》、家督を継いでいない部屋住みの身ながら若年寄の要職にある。新番とは、書院番、小姓組、大番、小十人組と共に五番方と称される将軍警備の旗本だ。佐野家は家禄五百石の下級旗本で、旗本を統括する若年寄と接点はある。

「田沼意知さま、そんなに恨みを買っているのかい。その佐野何某《なにがし》って旗本に」

重三郎は問いかけた。

「何でも、新番組頭にしてくれるよう賂《まいない》を贈ったのに無視された。自分をないがしろにしている、親の七光りも大概にしろって。近頃じゃ、御城の中で会っても口も利《き》いてくれないと、そりゃ、屋敷で凄《すご》い剣幕で奉公人たちに当たり散らしていたそうですよ」

「結局はやっかみかい」

重三郎は興味をなくした。絶大なる権勢を誇る田沼親子を妬《ねた》む者は珍しくはない。佐野善左衛門もそんな一人だろう。重三郎の失望を見て、

「実はもう一人、こちらはお大名ですよ。白河藩松平家の殿さま、越中守《えっちゅうのかみ》定信公です。白河の殿さまが、えらく田沼さまを恨んでおいでだとか」

これはどうだとばかりに小兵衛は言った。

「白河の殿さまが……」

こいつは大物だ、と重三郎は喜三二と顔を見合わせた。

定信は宝暦八年、御三卿《ごさんきょう》田安徳川家の当主宗武《むねたけ》の七男として生まれた。家督を継いだ兄治察《はるあき》は病弱であった為、もしもの時に備え定信は田安家に留まり続けたが、安永三年（1774）に白河藩主松平定邦《さだくに》の養子となった。田安家の反対があったがそれを押し切って定信が定邦の養子となったのは、意次が裏で動いた結果だった。

その半年後、治察は亡《な》くなった。定信は田安家に戻り家督を相続することを願ったが許されなかった。御三卿は当主死去で家督相続者がいない場合、当主不在のまま領

知、家臣を維持する「明屋敷《あきやしき》」という措置が取られるのだ。そして、将軍の庶子が誕生したら明屋敷となっている家を相続させる。この為、定信の願いは却下されたのだった。

小兵衛は続けた。

田安家に戻れなかった定信は、昨年、家督を相続し白河藩主となっていた。

「白河の殿さまは、田安家から養子に出されたのは、田沼さまのせいだって恨んでいらっしゃるんですよ」

「そうか、田安家の当主になっていたら、公方《くぼう》さまのご養子に迎えられたかもしれませんものね。そうなりゃ、次の将軍さまだ」

そりゃ恨まれるな、と重三郎は両手を打ち鳴らした。

安永八年、将軍徳川家治《いえはる》の嫡男で世嗣の家基《いえもと》が急死した。家治や弟清水重好《しげよし》に男子がいなかったことから、御三卿一橋治済《はるさだ》の嫡男豊千代が養子入りすることになった。豊千代は二年後の天明元年（１７８１）、江戸城西の丸に入り、家斉《いえなり》と称した。

家斉が次期将軍となれたのは一橋治済と田沼意次の工作だと世間では言われていた。

ここで喜三二が異を唱えた。

「それは、白河侯の思い違いだな。白河侯が松平定邦さまの養子になった頃、家基さまはご健在だった。誰も家基さまが亡くなるなんて思っていなかった。当然、家基さまが将軍をお継ぎになるのを疑う者はいなかったさ。家斉さまが一橋さまから将軍家に養子入りなさったのは、家基さまが亡くなったからだ。白河侯とは無関係だよ」

対して重三郎は、

「それがわかっていても、田安家から養子に出ていなければという後悔の念が募り、裏で画策した田沼意次憎しってな気持ちになるんじゃありませんかね」

訳知り顔で言い立てた。

「そういうこってすよ」

と、小兵衛も同意した。

「そうだ、念の為、源内先生、いや、道鬼先生に佐野善左衛門と松平越中守さまのこと、文で報《しら》せておきますよ」

重三郎は筆を走らす真似《まね》をした。

そこへ、羽織袴の武士が入って来た。

「こりゃ、土山さま、ようこそお出《い》でくださいました」

大袈裟に重三郎が挨拶をすると、

「おいおい、言っただろう。さまはやめてくれって」

土山宗次郎《そうじろう》、幕府勘定所の勘定組頭の役目を担っている。数え三十五の働き盛り、実際仕事が出来ると評判の算盤《そろばん》、算術に長《た》けた能吏で、色白の優男《やさおとこ》とあっては浴衣《ゆかた》でも着ていると役者のようだ。

実際、宗次郎はお堅い役目の傍ら内藤新宿や吉原で催される狂歌会に参加し、巷の文化人と交流している。勘定組頭ということで賂も多く羽振りがよい。皆に奢《おご》ることも珍しくはないので、吉原、内藤新宿ではちょっとした顔役だった。

宗次郎は、置かれていた『赤蝦夷風説考』に目を留め、

「これで、田沼さまが動いてくださるだろうよ」

うれしそうに両手をこすり合わせた。

「そう言やあ、土山の旦那《だんな》は蝦夷地に詳しいんだよね。内藤新宿の平秩東作《へずつとうさく》さんに蝦夷地を見てくるよう勧めたんですよね。旅費まで出して差し上げて」

重三郎が言った。

平秩東作は内藤新宿で煙草《たばこ》屋を営む傍ら、狂歌師としても有名な文化人だ。狂歌会を通じて多くの狂歌師、戯作者、絵師などと親交を持ち、土山宗次郎とも親しい。

「東作の奴《やつ》、ようやく蝦夷地から帰って来たばかりだ。その折に、『赤蝦夷風説考』が出版されるとは、まさに僥倖《ぎょうこう》だ。うむ、これからは蝦夷地だぞ」

膝《ひざ》を打ち、宗次郎は声を大きくした。

「どうしてそんなに蝦夷地に肩入れをなさるんですかね」

重三郎の問いかけに、

「知っての通り蝦夷地の大名は松前家だけだ。蝦夷地は米が穫《と》れないから松前藩はアイヌとの交易で得た利で御家の台所を賄《まかな》っておる。交易は松前藩が独占しているのさ。今後、益々《ますます》俵物の需要は高まる。公儀がそこに介入しても構わんさ」

宗次郎は答えた。

「つまり、勘定所のお役人として、収入を増やして田沼さまにゴマをすろうって算段ですね」

重三郎が言った。

「悪いか。だがな、わしは追従《ついしょう》ばかりしているんじゃないさ。田沼さまの御政道に役立つ働きをしているのだよ」

悪びれもせずに宗次郎は言った。

「だから、吉原の太夫《たゆう》を身請けできるってわけだな」

喜三二が口を挟んだ。

宗次郎は、「そうだ」と思い出したように重三郎を見て、

「蔦重よ、大文字屋に誰袖《たがそで》の件、どうなったか問い合わせてくれよ」

大文字屋は吉原の妓楼《ぎろう》、誰袖は看板遊女である。宗次郎は誰袖を身請けしようと目論《もくろ》んでいる。身請け金の交渉は吉原に通じている重三郎に任せていた。

「わかりましたよ」

重三郎は胸を叩いてみせた。

三

三月二十四日の昼下がり、幕府老中田沼主殿頭意次は江戸城から神田橋の自邸に戻った。霞《かすみ》がかった青空が広がり、庭を彩《いろど》っていた桜は花を散らしたが、吹く風には温《ぬく》もりが感じられる。

息子の意知は政務があると、城に残っている。このところ、お互い多忙である為、言葉を交わす機会がない。今夜辺り、酒でも酌《く》み交わしながら親子の語らいを楽しもうか。

いや、雑談や身内の話をしていても、結局は幕政に話題が及ぶ。それなら、今日はとっくりと今後の政策について論じ合うか。

そう、蝦夷地について。

意次は着替えを済ませ、御殿にある奥書院に入った。白木綿の小袖を着流し、紺地の袖なし羽織を重ねている。世間では贅沢三昧《ぜいたくざんまい》の暮らしを送っていると悪評が立てられているが、実生活は意外と質素である。来客が多い為、屋敷の手入れに怠りはないが、着物は木綿、食事は一汁と精々三菜だ。

「お忙しいですな」

山本道鬼と名乗っている平賀源内が入って来た。

頭を丸め、右頰に刀傷が縦に走り、隻眼《せきがん》だ。細面の色男然としていた平賀源内とはまるで別人で、戦国武将武田信玄の軍師山本勘助を髣髴《ほうふつ》とさせる。実際、源内は山本勘助を意識しており、道鬼は勘助の出家号である。

格好はというと、黒小袖に袴を穿《は》き、黒の十徳を重ねていた。

「いつものことじゃ」

意次は鷹揚《おうよう》に返事をすると、絵図面を畳に広げた。道鬼は僅《わず》かにずれた眼帯を戻し、見える左目で興味深そうに覗き込んだ。

「これは、蝦夷地ですな」

道鬼の言葉に意次はうなずき、書物を絵図面の横に置いた。道鬼は手に取り、

「『赤蝦夷風説考』ですか……」

仙台藩伊達家中の医師、工藤平助の著作である。

「かねてより、勘定組頭の土山宗次郎が蝦夷地に目を向けるよう建策しておった。土山はアイヌとの交易を松前藩に独占させておくことはない、と申しておってな……そして工藤は鉱山開発を勧めておる。さて、蝦夷地で鉱山開発、出来ると思うか。山師としてのおぬしの見解を聞きたい」

意次は道鬼に問いかけた。

「蝦夷地は広大ですからな、金や銀、銅が地中に唸《うな》っておるかもしれないでげすよ。しかし山師としちゃあ、実地検分しないことには金が出るとも銀や銅が掘り当てられるとも言えませんや。もっとも、昨今の山師は当てもないのに、あたかも鉱脈を掘り当てたって、大風呂敷を広げ、採掘の代金を持ち逃げする不届き者が珍しくないですがね」

甲高い声で道鬼は笑った。

「それでは、オロシャとの交易はいかに」

意次は問いを重ねた。

「オロシャと交易をするとなりますと、長崎は遠いですぞ。差し当たって、松前湊がよろしかろうが、松前藩がうんと言いますかな……それとも、主殿さま、御老中のお力で松前藩を転封しますか」

こいつは大仕事だ、とまるで芝居見物のような気軽さで道鬼は言った。

意次は老中首座ではなく次座である。首座は石見《いわみ》国浜田藩主松平康福《やすよし》だ。意次は康福の娘を息子意知の妻に迎え、姻戚《いんせき》関係を築いている。

老中首座は幕府財政を担う勝手掛と兼務する慣例であるが、意次は将軍徳川家治に上奏し駿河《するが》沼津藩主水野忠友をその任に就けた。忠友は意次と同じく側衆《そば》、側用人という奥向きの役を歴任し、三年前の天明元年、老中格に昇進したのを機に勝手掛を務めるに至った。また、意次の四男を養子に迎え、忠徳と名乗らせている。

忠友は意次が進める政策の理解者にして協力者であり、幕閣の中で意次が最も信頼を置いていた。

「主殿さまのお考え一つでさあね」

お手並み拝見とばかり、道鬼は言い添えた。

「そう簡単にはいかぬ。公儀は異国との交易は長崎に限ってまいった。新たな湊を設けるとなると、反対の声は大きかろう。損得ではなく、前例がない、という理由でな」

意次は失笑を漏らした。

「前例、前例、何事も東照大権現《だいごんげん》さま、つまり神君家康公の御世を模範とすべし、でげすな」

道鬼はふざけ半分に言い立ててから、

「じゃあ、オロシャの船も長崎に来航させますか」

「長崎にはオランダと清国の交易船以外を受け入れておらぬ。オロシャを加えるとなれば、よほどの理屈が必要じゃ」

意次は思案を楽しむような笑みを浮かべた。

「理屈は利ですな」

ずばり、道鬼は指摘した。

「まさしく利じゃ。公儀の台所が潤《うるお》うような利を、オロシャの船が運んで来るかどうかじゃな。それと、利にも勝る理屈は、公儀の安泰、日の本の泰平であるな」

「工藤平助が危惧《きぐ》してるみてえに、オロシャが蝦夷地を狙ってるって、お考えですかい」

「否定はできまい。戦国の世にはポルトガル、イスパニアが日の本や明国《みん》、ルソン、ボルネオ、インドに来航して、隙《すき》あらば、領知にしようと虎視眈々《こしたんたん》と狙っておったのじゃからな。実際、南蛮の領知になった国々もある。ましてや、オロシャは想像を絶する巨大な国じゃ」

「オロシャの領知は果てしもありませんがね、多くが雪に閉ざされ、人が住めねえ土地ばっかだそうですよ」

道鬼は身をすくめ、寒い寒いとぶるぶる震えてみせた。

「蝦夷地よりも過酷な土地のようじゃな。オロシャはともかく、蝦夷地について、調べねばな。そうじゃ、土山が申しておったが、内藤新宿の狂歌師平秩東作に旅費をだしてやって蝦夷地に行かせたとか。そなた、東作と親しかろう。平秩から蝦夷地の話を聞いてくれ」

意次は命じてから、肩が凝ったと右手で左の肩をぽんぽんと叩いた。

わかりました、と承知した道鬼は蔦屋重三郎から届けられた噂話を持ち出した。

「ちと、物騒な噂を耳に入れました」

「なんじゃ」

蝦夷地のことで頭が一杯のようで、意次は道鬼に視線を向けない。

が、

「意知さまに関する噂でげすよ」

と、息子の名前を出すとさすがに意次は道鬼を見返した。目で話を続けろ、と促す。

「新番衆で佐野善左衛門という御旗本をご存じですか」

「いや……」

意次は首を傾《かし》げた。

「佐野は意知さまを相当恨んでいるらしいんですよ。せっせと賂を贈り、何度も挨拶に行ったのに、組頭にしてくれない。それどころか、近頃じゃ御屋敷を訪ねても会ってくれない、居留守をつかわれるって、偉い憤《いきどお》りらしいですよ。親の七光りのくせに……あ、こりゃ、やつがれが言っているんじゃないでげすよ。佐野の言葉です」

道鬼が言うと、

「若年寄にするのが早過ぎたか……わかった。意知に注意をしておく。人の恨みを軽く考えるなとな」

再び意次は絵図面に視線を落とした。

「佐野だって、精々悪口を並べるのが精一杯、それこそ負け犬の遠吠《とおぼ》えでげすよ。でもですよ、佐野のことはともかくもう一人、田沼さまに恨みを抱いておられるお方がいるんですよ」

思わせぶりに道鬼は言葉を止めた。

「誰じゃ」

静かに意次は問い直した。

「奥羽《おうう》白河藩主松平越中守定信さまですよ」

道鬼が答えると、

「わしのせいで将軍家を継げない、と逆恨みをしておられるようじゃな。気にしてもどうにもならぬ。誰もが喜ぶ政などできはせぬからな」

意次は薄笑いを浮かべた。

そこへ、廊下を慌《あわ》ただしい足音が近づいて来た。

「失礼致します」

用人の三浦庄司《しょうじ》が入って来た。

庄司は農民上がりだが才気溢《あふ》れ、機転も利くとあって意次が用人に抜擢《ばってき》した。その恩を感じているだけに、忠義に篤《あつ》く、裏切りの心配がない、と側近くに置いている。庄司には、意次への陳情や建策に訪れる者の窓口を任せている。

庄司は数え切れない陳情、建策の内、幕府にとって田沼意次の政にとって有効と思われるものを選別し、意次に届けている。特にこれと思った建策には建策者と共に協議し、きちんとした策に仕上げる。意次の意向で建策する者の身分は問わない。自身も農民の出ということもあり、庄司は下級武士、農民、町人の分け隔てなく彼らと接している。

そんな庄司の額には脂汗《あぶらあせ》が滲《にじ》んでおり、大事出来《しゅったい》を予感させた。

庄司はちらっと道鬼を見たが、

「構わぬ、申せ」

意次に促され、

「殿中において、お、お、意知さまが……斬《き》りつけられました」

声を上ずらせ、庄司は報告した。

さすがに道鬼は驚きの表情となり、口をつぐんだ。

「して、具合は」

意次は努めて冷静に問いかけた。

「深手を負われたとのことです。が、お命に別状はない、との医師の診立てで……」

庄司の言葉尻は曖昧《あいまい》に濁った。屋敷に運ばれて治療中だ、と言い添えた。

「相手は何者じゃ」

意次は問いを重ねた。

「佐野善左衛門と申す新番衆でございます」

庄司は答えた。語調が乱れなくなり、落ち着きを取り戻したようだ。意次はちらっと道鬼を見た。道鬼は佐野の意知への恨みを報せるのが遅かったと思っているようで、唇を嚙《か》みしめている。

「刃傷《にんじょう》に及んだわけは」

「遺恨のようです」

「どんな遺恨じゃ」

「佐野何某かは意知さまに猟官運動をしていたのに相手にされなかった、とか、佐野家の系図を貸していたのに、返さない、とか」

道鬼の報告通りだ。もう一日早ければ意知に忠告してやれたものを……。

いや、つい先ほどは、道鬼の話を聞き流した。昨日耳にしたとしても、意知に注意喚起をしただろうか。忙しさにかまけて注意は後回しにしたかもしれない。

旗本を統括するのは若年寄だ。幕閣随一の権勢を誇る意次を父に持つ意知に望みの役職を頼むのはいかにもありそうだ。家系図に関しては意知に確かめよう、と意次は思った。

いずれにしても私怨《しえん》ということか。

「すると、佐野に背後関係はないのじゃな」

念を押すように意次は確かめた。

「そのようです」

庄司は首肯した。

「意知、驕《おご》っておったか……やはり若年寄にするのが早過ぎたか」

悔いるように意次は呟《つぶや》いた。

意次は隠居していない為、意知は田沼家の家督を相続していない。いわゆる部屋住みの身で幕府の役職に就くのは異例だ。意次の顔色を窺《うかが》い、表立って反対する者はいなかったが、反感を抱く者は少なくなかったのだろう。

佐野何某がその一人かどうかはわからぬが、田沼親子を妬む、憎む土壌は育《はぐく》まれていたのかもしれない。

「意知さまに落ち度はございませぬ。今回の一件は全く佐野何某の私怨によるものです」

腹から搾《しぼ》り出すように庄司は意次の危惧を否定した。

意次はうなずくと、

「見舞に参る」

と、告げた。

「承知しました」

庄司は出立の支度をすると、座敷から出ていった。

「こりゃ、とんだことですな」

道鬼は腕を組んだ。

「不幸中の幸いは、佐野何某に背後関係はない、ということじゃ」

「主殿さまに弓引く勇気ある者なんかござんせんよ」

意次の不安を打ち消すように道鬼は断じた。

道鬼が言うように、不満を抱いても、意次を権力の座から引きずり下ろそうとする者はおるまい。精々、意次の政策を批判し、足を引っ張るのが関の山だ。

権力は盤石だ。

「民は囃《はや》し立てるかもしれませんがな」

道鬼は言った。

「わしや意知は民に憎まれておるか」

真顔で意次は問いかけた。

「憎むというより、民はそうした大事件を面白がるのでげすよ。さしずめ、『仮名手本忠臣蔵』に絡《から》めて好き勝手な噂話に興じるんじゃござんせんかね」

「赤穂《あこう》騒動か。なるほど、意知は高師直《こうのもろなお》こと吉良《きら》上野介《こうずけのすけ》、佐野は塩谷《えんや》判官こと浅野内匠頭《たくみのかみ》になぞらえて、面白がるか」

意次は苦笑した。

四

意次は、意知の屋敷に駆け付け、寝間に横たえられた意知の側に座した。

意知は真青な顔で横たわっていたが、

「父上……」

意次に気づくと薄目を開け、半身を起こそうとした。

「よい、寝ておれ」

やんわりと意次は命じた。

意知は命令に従うというより、体力が追いつかず、再び横たわった。出血が甚だしい、ともかく、安静を保たねばならない、と傍らの医師は強調した。

意次は自分が居ては意知の負担が増すばかりだと思い、

「養生に努めよ」

短く声をかけると寝間を出た。

平癒するかは意知の運次第だと冷静に判断する一方で、

「意知……死ぬな」

腹から絞り出すように呟いた。


明くる日、意次は登城した。

意知の一件があるから、と登城を止める者もいたが、敢《あ》えて意次は出仕した。

中奥で将軍徳川家治に拝謁《はいえつ》をする。

「主殿、こたびは災難であったな。意知の一日も早い平癒を祈っておるぞ」

家治の言葉が心に染《し》みた。

もったいなきお言葉でござります、と意次は返した。

「無理をせずともよい。出仕は控え、意知の側にいてやってはどうじゃ」

重ねて気遣ってくれる家治に、

「それがしがついておったところで、何の役にも立ちませぬ。医師に委《ゆだ》ね、あとは、意知の寿命に託します」

意次は淡々と言い立てた。

「うむ、くれぐれも厭《いと》え」

家治の言葉を励みにし、意次は下がった。

老中用部屋に入ると、あちらこちらから見舞の言葉をかけられた。

意次は水野忠友を促し、隣室へと入った。忠友の意次への気遣いの言葉に挨拶を返してから、

「忠友殿、『赤蝦夷風説考』をお読みになりましたか」

意次は問いかけた。

意知の容態への不安が頭から離れなかったが、敢えて政策の話をすることで平静を保ったのだ。

「いえ……工藤から贈られてはきたのですが」

申し訳なさそうに忠友は未読だと答えた。是非、目を通してくだされ、と頼んでから、

「蝦夷地について我らの考えを改めねばなりませんぞ」

と、言い添えた。

忠友はおやっとなった。

「蝦夷地のこと、我ら一粒の米も穫れぬ不毛の地と思っておりましたが、ひょっとしたら、巨万の富が眠る豊饒《ほうじょう》の大地かもしれませせぬ」

意次は工藤平助の提案について話した。

「ほう」

勝手掛老中、すなわち、幕府財政を司《つかさど》る責任者として、忠友は興味を抱かないわけにはいかない。

「工藤のネタ元は長崎遊学の際に交流を持ったオランダ商人と松前藩の江戸詰めの者、その信憑性《しんぴょうせい》には疑問があるものの、全くの法螺《ほら》話ではないと思う」

意次の見立てに、

「いかにも。オランダ商館の者どもからも、オロシャの船が蝦夷地近海に姿を現しておる、と聞き及びます」

忠友も応じた。

忠友が興味を示したのを見て、

「蝦夷地の開発とオロシャとの交易、一考に値すると存ずる」

意次は考えを述べ立てた。

途端に、

「オロシャとの交易ですか……」

忠友は慎重な姿勢を取った。

「気が進みませぬか」

穏やかに意次は問いかけた。

「いやそうではないのですが、オロシャとの交易を行うには、相当な障害がありますぞ。さらに蝦夷地は公儀には未開の土地、鉱山開発となりますと……それらは、工夫次第で解決できるかもしれませぬが、松前家をどうするか、悩ましいところです」

「転封させればよろしかろう」

躊躇《ためら》いもなく意次は言った。

忠友はぎょっとしたように目を大きく見開き、

「松前家に転封させるに足る落ち度があればよろしいのですが」

あくまで慎重な姿勢を崩さない。

「落ち度はなくとも、大義があればよろしかろう」

「大義とは」

「オロシャの脅威でござる。既にオロシャの船は蝦夷地近辺の島々、国後や得撫島に出没しております。オロシャ人はアイヌと交易しておるようですな。書物の中で工藤が指摘しておりますように、オロシャは交易をとっかかりとして、蝦夷地をかすめ取る魂胆を持っておるやもしれませぬ。オロシャの目が蝦夷地に向けられたなら、松前藩の如《ごと》き小藩で守れるものではござらぬ」

意次は淡々と考えを述べ立てた。

それでも、

「蝦夷地を守るという名目で公儀の直轄地《ちょっかつち》とする、というわけですな。それにしましても、松前藩が蝦夷地に根を下ろしたのは、東照大権現さまが江戸に公儀を開かれるよりも遥《はる》か昔のことでござる。父祖伝来の地を離れるとなると、蝦夷地防衛以外にもしかとした理由が要るのではござりませぬか」

危惧が去らないのか、忠友は賛同してくれない。

「さよう、それには相当な理由、そう、大きな落ち度、公儀に背いたという理由が必要。そして、その理由は難しくなかろうと存ずる」

「それは……」

忠友は目を凝らす。

「ご禁制の抜け荷でござる」

意次はさらりと言ってのけた。

「松前はオロシャと抜け荷をしておると」

「しておっても不思議はないですな。松前藩とアイヌとの交易の実態を探れば、動かぬ証《あかし》が得られましょう」

意次は見通しを語った。

「蝦夷地を直轄地としまして、見返りがありましょうかな。鉱山があればよろしいのですが、あとはアイヌ、オロシャとの交易でどれだけの利が得られるか、ですな。公儀が直轄地とするとなりますと、それ相当の人数を置かねばなりませぬが」

「小普請《こぶしん》組の旗本を赴任させればよいと存ずる。交代で詰めさせるのもよし……ともかく、蝦夷地の実状を調べなければなりませぬな」

意次は言った。

「そうですな、調査隊を送りますか……田沼殿のこと、既に調査隊の人選を済ませておられるのではございませぬか」

「いやいや、幕閣で諮《はか》ってもおらぬことを、勝手に進めてしまっては、ご政道を歪《ゆが》ませます」

「田沼殿はまこと、殖産に熱心でございますな」

笑みを浮かべ、忠友は言った。

「申しましたように、年貢《ねんぐ》頼りでは公儀の台所はまことに危うい。米の収穫は天候次第ですからな」

意次は苦笑した。

「まこと、飢《き》饉《きん》、天災、人智《じんち》を超えたものに左右されます」

「商いは人の知恵で行うもの。もっとも、交易は海に左右されますが」

「いかにも」

忠友は答えてから、

「新たに没頭できるものが出来ましたな。蝦夷地にのめり込みますか」

「それもいいかもしれませぬ」

うなずき、意次は虚空《こくう》を見上げた。

「田沼殿は留まるところを知らぬお方じゃ」

忠友は言った。

翌日、意知は死んだ。

覚悟していたが、我が子の死は大きな衝撃である。田沼家の跡取りであるばかりか、隠居後には老中として幕政を主導させるつもりだった。

生き甲斐《がい》を失った。これから先、何を張りに生きてゆけばよいのか。

隠居するか……。

自分が居なくても幕政は滞らないだろう。水野忠友や松平康福に託し、身を退《ひ》くか。

そうだ、田沼家はどうなる。意知の跡は……。

意知の嫡男、孫である意明《おきあき》に継がせるべきだ。意明は数え十二の少年だ。意明が幕政を担う齢《とし》になるまで老骨に鞭《むち》を打とう。

意明という希望が生まれた。

そして、蝦夷地。

北方に広がる広大な地、果たして希望の大地となるか不毛の地のままか。

意次は蝦夷地の行く末と意明の将来を重ね合わせた。

五

江戸城一橋御門近くにある一橋屋敷に白河藩主松平越中守定信が訪れた。裃《かみしも》に威儀を正した身形《みなり》は寸分の乱れもなく、ぴんと背筋が伸び、色白で鼻筋が通った貴公子然とした面持は切れ長の目と相まって聡明《そうめい》さを表していた。

「越中殿、よくぞ、おいでくださった」

御三卿のひとつである一橋徳川家の二代当主一橋治済は鷹揚に挨拶をした。

宝暦元年（1751）生まれの治済は定信より七つ上の数え三十四歳、共に八代将軍徳川吉宗の孫である。

「お招き、感謝申し上げます」

慇懃《いんぎん》に定信は返した。しかし、その目は警戒に彩られている。治済が自分を呼んだ意図がわからないからだ。治済は田沼意次との繋がりが深い。一橋家の家老は意次の弟とその息子、つまり意次の甥《おい》が務めてきたのだ。

加えて治済の嫡男豊千代（家斉）を将軍家治の養子にし、次期将軍としたのは、意次の働きが大きいのだ。

治済は憎んでも余りある田沼意次と一味同心なのだ。嫌でも警戒心を抱いてしまう。

「越中殿、主殿を見舞いましたかな」

治済は問いかけた。

白絹の小袖に黒綸子《りんず》の羽織を重ね、ふくよかな顔立ちは、育ちの良さを感じさせた。

「見舞……」

首を捻《ひね》る定信に、

「倅《せがれ》です」

治済は言った。

「若年寄の田沼意知、刃傷に及ばれて深手を負ったとか。意知の見舞に出向け、ということですか」

不満を胸に押込めて定信は確かめた。

「昨日、手当の甲斐なく息を引き取ったそうですぞ」

治済は告げた。

「……そうですか」

憎き男の息子ではあるが、刃傷という災難に遭って命を落とすとは、いささかの同情を禁じ得ない。

「弔問に行かれてはどうですかな」

治済は繰り返した。

「はあ……」

気が進まない。

顔を見るのも嫌だ。

いや、それどころではない。自分が意次に斬りかかろうかと真面目《まじめ》に考えていた程だ。まったくもって無謀極まる行いだが。

「気が進みませぬかな」

治済は定信の心底を見透かすように語りかけた。

うじうじと自分の気持ちを偽っていては、意次に負けることになる、と自分を鼓舞した定信は治済を見返し、

「進みませぬ。いや、主殿の顔を見るのも嫌でござります」

「ほほう、はっきりと申されるのお」

治済は扇子を広げ、定信を扇《あお》いだ。

扇子の風が意次と治済の蔑《さげす》みのようだ。

「このこと、主殿にお伝えくだされ」

定信は腰を上げようとした。

すると、治済は宥《なだ》めるように右手を上下に動かして、引き止めた。

「まあ、ゆるりとされよ。わしは、今の言葉、主殿には伝えぬ。そんな気はさらさらない。それより、その気持ちを胸に閉じ込めておかれよ」

淡々と治済は諭した。

「主殿に媚《こ》びを売れと、お勧めなさるか」

むっとして、定信は言い立てた。

「その通り」

さらりと治済は返した。

威圧されるように定信は半身を仰《の》け反らせ、不快感を隠そうともせずに押し黙った。

「意に添わぬこともせねば、世渡りはできませぬぞ」

畳みかけるように治済は言う。

「わかって……」

ここまで口に出したところで、

「おらぬ！」

治済は声を大きくした。

定信の目が尖《とが》る。

治済は表情を穏やかにし、

「いつまでも、遺恨を抱えたまま過ごしておっても、何も生みませぬぞ。よろしいか、定信殿は白河藩松平家の当主の地位に不満を抱いておられる。不満を抱きながら藩主を続ければ、家臣、領民が迷惑をしますな」

治済に揶揄《やゆ》され、

「それは……」

定信は狼狽《うろた》えた。

「ご自分のことだけを考えておっては、良き領主にはなれませぬな」

突き放すように治済は断じた。

「それゆえ、主殿に頭を下げろ、と」

怒りを抑えながら定信は問い直した。

「頭を下げるだけではなく、金子も持参なされ」

当然のように治済は勧めた。

「弔問に訪れるとなれば、当然香典は持ってゆきますが、賂《まいない》めいた金子は御免被《こうむ》ります」

屈辱と怒りを抑え、定信の声が裏返った。

「香典に金額の過多はござらぬ」

治済は言った。

「なるほど、物は言いようですな」

皮肉そうな笑いを定信は漏らした。

「ただし、けちけちしてはなりませぬぞ。百両や二百両のはした金なんぞ、誰かれなく持参するでしょうからな。主殿の心には残らぬ」

釘《くぎ》を刺すように治済は断じた。

残りたくもない、というのが定信の本心だ。すると、治済はそんな定信の心中も見透かし、

「死に金にしてはなりませぬ。ずしりと主殿の心に圧《の》し掛かるような金です。さしずめ、五百両がよろしかろうな」

「五百両……」

想定以上の金額に定信は戸惑う。

「さすがに五百両の香典を持参する者はおるまい。賄賂《わいろ》慣れした主殿とても、驚くに違いない。定信殿を見る目が違ってまいりますぞ」

治済は微笑《ほほえ》んだ。

「それはそうかもしれませぬが、そこまでして、それがしが主殿に取り入って何か利がありますか」

「ありますな」

「どんな利ですか」

「溜間詰《たまりのまづめ》にしてもらうのですよ」

乾いた口調で治済は答えた。

溜間詰とは江戸城黒書院に付属した控えの間である。親藩、譜代大名から選ばれ、老中から幕政について協議を求められ、将軍の諮問《しもん》を受けることもある。いわば、幕府の顧問的立場となる。

彦根藩井伊家、会津藩松平家、高松藩松平家の当主は定席であるが、時代により他の親藩、譜代名門大名が選ばれる。

「なるほど、家格は上がりますな。それは大事なことですな」

治済に合わせて返したものの、正直言ってそれほどの利とは思えない。少なくとも五百両もの大金に値するのか。幕政の重要事項に関して将軍の問いかけに答えたり、老中と話し合うことができ、いかにも幕政に関与できそうだが、それは建前で多分に名誉職だ。

まして田沼意次が取りまとめた政策について異論を唱えられるはずがない。実際、溜間詰の大名たちの中で意次が決めた法度《はっと》や政策に反対する者はいない。定信一人が気を吐いたところで意次は考えを改めはしないだろう。それどころか、幕閣や溜間詰の大名たちから煙たがられるだけだ。

またも定信の心中を見透かし、

「先をお考えになられよ」

治済は言った。

「先とは」

「将軍の代替わりです」

「ご子息の家斉さまが将軍をお継ぎになられますな」

言外に田沼意次と一橋治済の画策によって自分は排除され、豊千代こと家斉が家治の養子となったではないか、という恨みを込めてしまい、無念がふつふつと胸に蘇《よみがえ》る。

次期将軍家斉は安永二年（１７７３）生まれの数え十二歳、まだ少年だ。

十一代将軍となるのはまだ先、そう、十年以上先ではないか。もっとも、家治が隠居して大御所となれば、近い将来の将軍就任となろうが、家治の隠居の話など聞いたことがない。

それとも、極秘裏に進められているのだろうか。

「畏《おそ》れ多くも、上さまにあられてはご隠居をお考えなのですか」

定信の問いかけを治済は、「そんなご予定はないようですな」と否定してから、

「それでも、次を見定めておくのは肝要ですぞ」

治済の言うことはもっともであるが、もし、家治が大御所、家斉が将軍になったら、

益々《ますます》田沼意次の権勢は強固なものとなるだろう。意次は抜かりなく、家斉が将軍を継いでも権力が揺るがないよう手を打っているのだ。

甥の意致《おきむね》を西の丸御側御用取次《おそばごようとりつぎ》、すなわち家斉の側近にしている。意致は家斉が一橋家にいた頃は家老であった。家斉とは気心が知れ、家斉が将軍になれば側用人、更には老中に進むだろう。

嫡男意知を失っても意次の権勢は家斉の時代にも引き継がれるのだ。家斉の実父治済と共に意次が我が世の春を謳歌《おうか》する。

自分には関係のないことだ。

不貞腐《ふてくさ》れたように定信は顔をしかめた。

ところが、

「さて、家斉が、あ、いや、家斉さまが将軍にお就きになれば、権力の絵図も変わるでしょうな」

思わせぶりに治済は笑みを浮かべた。

「益々、主殿の力は強まるでしょう、それに……」

治済も力を誇示するのだろうと定信は内心で毒づきながら見返した。

治済は首を左右に振り、

「いや、主殿の力はどうであろうな。今、主殿が権勢を誇っているのは上さまのご信頼あってのことじゃ。信頼は家斉さまに受け継がれるとしても、主殿とて人、つまり、齢には勝てぬ」

確かに意次は今年六十六、健康であるが、隠居するのが当たり前の歳である。

「倅の意知が死に、主殿は力を受け継がせるべき者がいなくなった。甥の意致が家斉さまを支えるだろうが、田沼の後ろ盾あってこそですな。当家の家老をやっておったので、意致の器量はわかっております。田沼はもちろん、意知にも及びませぬ。とても、幕閣を取り仕切れませぬ」

治済はにんまりとした。

なるほど、そういうことか。意次とていつまでも元気ではいられないのだ。意知が健在であれば、頃合いを見て隠居し、意知を老中に引き揚げ、意知を中心とした閨閥《けいばつ》を創《つく》り上げれば権力は盤石であったはずだ。

意知の死が意次の権力を静かに、それでいて確かに揺さぶっているようだ。

それを見据え、治済は布石を打とうとしている。松平定信という碁石を使って……。

しかし、定信を取り込んだとしても、田沼意次と意次が築き上げた権力人脈に対抗できるものであろうか。

「家斉さまが将軍になったなら、定信殿、お力をお貸しくだされ」

懇懃に治済は頭を下げた。

思いもかけず下手に出られ、

「どうか面をお上げください」

慌てて定信は恐縮した。

治済は面を上げ、

「定信殿、どうかお力添えを」

重ねて治済は手を取らんばかりに訴えた。

「むろん、家斉さまをお支え致しますが、それがしに、それほどの力はございませぬ。それがしなんぞ当てにせぬでも、一橋卿ご自身が十分なお支えになりましょう」

あくまで冷静に定信は返した。

治済は小さくため息を吐いた。

「ご存じのように、将軍家の身内は政《まつりごと》に関与できませぬ。家斉は政を学んでおるわけではない。政は老中どもに任せるしかない。老中、若年寄、更には奉行ども、悉《ことごと》く主殿の息がかかっておる。しかし、申したように主殿にも寿命がある。意知を失ったからには、主殿の顔色を窺っておる者どもとて、いつまでも味方するとは限りませぬぞ」

「だからと申して、白河藩松平家も……」

白河藩松平家はいわゆる親藩、徳川宗家の一門である。御三卿の一橋家や田安家は、尾張、紀伊、水戸などの御三家同様に幕政には口出しできない。治済に勧められたように溜間詰になれば意見は言えるが、今しがた思案したように、実態の伴わない名誉職である。

ここで治済が半身を乗り出した。

定信は身構える。

「家斉さまが将軍に任官したなら、定信殿、副将軍にお就きくだされ」

またも予想外のことを治済は告げた。

「副将軍ですと……」

戸惑いで定信は口を半開きにした。

「いかにも副将軍ですぞ」

治済はうなずく。

「公儀に副将軍などという役職はございませぬぞ」

定信が訝《いぶか》しんだように、幕府に副将軍職はない。ただ、水戸徳川家の当主は参勤交代をせず、江戸に常駐している為《ため》、江戸庶民から副将軍と呼ばれることがある。

「いかにも公儀の役職にはない。隠居した将軍は大御所と称されるが、大御所も公儀の役職にはないですぞ。家斉さまを補佐し、時に将軍の代行を務める立場の者が必要でござる。副将軍をお任せするのは、定信殿以外にはございませぬ」

明瞭《めいりょう》な口調で治済は決めつけた。

思案するように定信は口を閉ざした。現実味が湧《わ》かない。富士山を領知に与えると言われているようなものだ。

「お考えくだされ」

重ねて治済は頼んだ。

「それがしでよろしければ」

そう答えるしかない。

副将軍を約束されても、雲を摑《つか》むようなものだ。喜びなど微塵《みじん》も湧かない。捕らぬ狸《たぬき》の皮算用にすらならない。

「今は雌伏の時、韓信の股潜《またくぐ》り、臥薪嘗胆《がしんしょうたん》の時ですぞ」

諭すように治済に言葉を添えられた。

その言葉は定信に反省を促した。そうだ、家治の養子となれなかったのをくよくよと悔いても仕方がない。この後の生涯を腐らせるわけにはいかないのだ。

「それがし、大いに思い違いをしておりました。過去の遺恨にばかり囚《とら》われて、視野を狭くしておりました」

反省の弁を述べ立てる定信に、治済は鷹揚にうなずき、

「わかってくだされば、それでよし、でござる」

と、笑みを浮かべた。

「今後もご指導くだされ」

丁寧に頭を下げると定信は部屋を立ち去った。

六

定信が居なくなってから、

「入れ」

と、治済は閉じられた襖《ふすま》に声をかけた。襖が開き、若侍が入って来た。裃に身を包み、眉目《びもく》秀麗、役者絵から抜け出したような男前である。ぴんと背筋が伸び、雪のように白い肌、そしていかにも利発そうな顔をしていた。

小納戸《こなんど》役、中野清茂である。

小納戸は将軍の身の回りの雑事を行う奥向きの役人で、旗本から選ばれる。二十人余りが小納戸の任に就いており、各々《おのおの》得意とした分野がある。

清茂は和歌、漢籍に通じ、博識を以《も》って評判となっている。

「松平越中守定信、使えそうじゃな」

治済は語りかけた。

「聡明とご評判のお方、家斉さまにとりまして、大変に心強い存在となると存じます」

辞を低くして清茂は考えを述べ立てた。

「倅に死なれ、主殿は気落ちしておるか」

治済は話題を意次に移した。

意次は老中であると共に側用人でもある。表向きばかりか、奥向きにも出入りし、睨《にら》みを利《き》かせているのだ。

「無理をなさっておられるとは思うのですが、わたしの目には、益々意気軒高に映りまする」

清茂の報告を受け、

「ほう、そうか」

意外な気がしたが、

「虚勢を張っておるのではあるまいか。そう勘繰らざるを得ないが」

治済は疑問を呈した。

「それが、何か夢中となることが出来たのかもしれません」

推測に過ぎませんが、と清茂は言い添えた。

「夢中になることとは新たな政策か……」

治済は脅威を感じた。

田沼意次という男、仕事熱心なことは間違いない。従来の慣行に囚われず、斬新《ざんしん》で大胆な政策を立案し、尚且《なおか》つ実現してきた。

株仲間の奨励、長崎交易の充実、東と西、つまり金使いの江戸、銀使いの上方で流通を円滑にする為の統一通貨、「南鐐二朱銀《なんりょう》」の発行、さらには印旛沼《いんばぬま》干拓……。

年貢に依存しない幕府財政、その成果として安永五年（1776）には、将軍家治の日光東照宮の参拝をも実施した。莫大《ばくだい》な費用を要するとあって、享保《きょうほう》十三年（1728）、八代将軍吉宗以来、四十八年ぶりの快挙であった。

健全化した幕府財政であったが、浅間山の大噴火、奥羽の大飢饉などで傾き、再び改善させるべく、意次は懸命だ。息子の死という悲しみを乗り越えるような何かが出来たとすれば、幕政、おそらくは財政に寄与する何かに違いない。

「主殿、今度は何をやる気かのう」

治済は危機感を抱きながら呟《つぶや》いた。

新たな政策が実施され、それが幕府財政に貢献すれば、意次の権力は家斉の将軍就任後も引き継がれる。

「ようわかりませぬ」

清茂は表向きの政に立ち入るのは許されない、という立場だと強調した。

不意に治済は言った。

「将棋を指すぞ」

即座に清茂は部屋の隅に置かれた将棋盤と駒《こま》を持って来た。治済は楽しそうに駒を並べる。清茂も駒を手に取った。

「そなたから指せ」

治済に言われ、清茂は角道を空けた。

治済は早指しである。思案する間もなく駒を進める。清茂は治済に合わせて駒を動かしていった。やがて、

「負けましてござります」

清茂は頭を下げた。

「ふん、手加減をしおって」

治済は苦笑した。

清茂はかぶりを振って、中納言《ちゅうなごん》さまはお強うござります、と世辞を言う。中納言とは治済の官位である。

「ま、そのことはよい。上さまとは将棋を指しておるか」

治済の問いかけに、

「二度程ですがお相手をさせて頂きました」

清茂は答えた。

将軍家治は無類の将棋好きである。絵を描くことと将棋を指すのが家治の楽しみであった。

「できる限り将棋の相手にして頂くのじゃ」

治済は静かに告げた。

「承知しました。ですが、わたしだけではなく、小納戸には将棋に長《た》けた者がおります。その中から上さまのお相手となりますには、相当な腕でないと……わたしは、まだまだ未熟でござります」

ご期待に添えませぬ、と清茂は頭を下げた。

「それならば」

治済は、

「例のものを持て」

と、声をかけた。

近習が将棋の駒を持って来た。治済は盤上の駒を取り除き、新たな駒をさっと置いた。

「見事な駒でござりますな」

清茂は言った。翡翠《ひすい》でできているが、見慣れぬ駒がある。

「存じておるか。酔象《すいぞう》じゃ」

治済は酔象と呼んだ駒を取り上げた。

「書物で読んだことがあります」

「物知りじゃのう」

治済はぱちりと酔象を盤に置いた。

「戦国の世、越前朝倉家では酔象を使った将棋が行われたようです」

朝倉家は越前を領し、敦賀湊、三国湊から得られる豊かな財力により、本拠である一乗谷は北国の京都と称される程の文化と繁栄を誇った。戦乱の世ゆえ、荒れた京の都から朝倉家を頼り、数多《あまた》の公家《くげ》や僧侶《そうりょ》が一乗谷を訪れた。

大いなる勢力を誇った朝倉家であったが、北近江《きたおうみ》の戦国大名浅井家と同盟し、織田信長との壮絶な争いの末に敗北し、浅井家共々滅ぼされた。

信長は自らが擁立した将軍足利義昭を都から追放、元亀から天正に改元を奏上、その勢いで朝倉と浅井を滅亡させ、中原を制したのだった。

悲劇的な最期《さいご》を遂げた朝倉家であったが、戦乱の世にあって百年の繁栄を誇った。一乗谷の館《やかた》には連日にわたって、数多の陳情が持ち込まれる。陳情者は館の厩《うまや》で待たされた。厩といっても広い座敷があり、そこが待機所になっていたのだ。

陳情の順番を待つ間、将棋を指す光景が繰り広げられたという。

「将棋に目のない上さまじゃ、酔象の駒に興味をお持ちになるじゃろう。そなたを通じ、上さまに献上するゆえ、酔象の使い方をよくよく学んでおけ」

治済に命じられ、

「承知しました」

清茂は額を畳にこすり付けた。

「わかっておるな」

治済は乾いた声で言った。

「わかっております」

清茂は首肯した。

つまり、家治を通じて田沼意次の動きを探れ、ということだ。

意次は家治の後ろ盾を得て独自の政策を推し進めている。家治は意次の政策に対して異論を唱えはしないが、意次は政策を幕閣に諮る前に必ず家治に上申する。家治に対する根回しを怠らず、いくら信頼を得ようが無視することなく政策を進めるのである。

意次は抜かりがない。

「清茂、しかと頼むぞ」

治済は繰り返した。

七

四月十日の夕暮れ近く、意次は神田橋の自邸に松平越中守定信の訪問を受けた。

「越中殿が……」

意外な訪問客に意次は筆が止まった。

「客間にお通し致せ。すぐに参る」

近習に命ずると意次は裃に着替えた。

客間に入ると裃に威儀を正した定信が待っていた。定信は丁寧に意知への悔みの言葉を述べ立てた。近習から定信から香典として五百両が届けられたという報告を受けた。

「越中殿、お気遣い痛み入ります。ですが、あまりにも過分に過ぎます」

丁寧な言い回しで意次は受取を遠慮した。

「いえ、ほんの気持ちですので、お受け取りくだされ。それがしとしましても、出したものを引っ込めるわけには参りませぬ」

定信は言った。

これ以上、拒んでは、定信の体面を潰《つぶ》す。

「では、遠慮なく頂戴《ちょうだい》致します。ありがとうございます。倅も喜ぶでしょう」

慇懃に意次は返した。

定信は黙って意次を見返す。

親しくない上に、自分は定信から恨まれていると、道鬼を通じて蔦屋重三郎の話を耳にしたばかりだ。話の継ぎ穂が見つからない。気まずい雰囲気になりかけたところで、

「田沼殿に政の御指南を賜りたいと存じます。どうぞ、よしなに」

恭《うやうや》しく定信は頭を下げた。

「いやいや、指南するなど畏れ多いことでござる。越中殿は聡明なお方と評判、わしのような年寄りの申すことなんぞお役に立ちますまい」

意次は謙遜《けんそん》した。

「それがしは若輩者でござる。長きに亘《わた》って公儀の政を担《にな》ってこられた田沼殿には学ぶべきことが多いと存ずる」

憎悪《ぞうお》を押し殺し定信は謙虚さを示した。

「痛み入ります」

意次は軽く頭を下げてから、

「そう、片意地を張ることはござらぬ」

何を聞きたいのか、と意次は定信に語りかけた。

「田沼殿は商人の利を図っておられるようですが、それは正しいのでしょうか」

定信は問いかけた。

かねてより、定信は意次の商いを重視する政策に不満を抱いており、この際だと意次の真意を質《ただ》したくなったのだ。

「正しいか間違っておるのかは、わしには判断がつきませぬ。ただ、わしは、公儀の台所を豊かにし、民の暮らしがよくなれば、と思いそれに適《かな》う政をしております」

一点の揺るぎもなく意次は語った。

「商人ども、特に蔵前の札差《ふださし》どもは金儲《かねもう》けに奔走し、豪奢《ごうしゃ》な暮らしぶりでござる。そうした者どもをいかにお考えか」

かねてより、徳川の旗本、御家人の家禄《かろく》を取り扱い、莫大な利を貪《むさぼ》っている札差の横暴に、定信は憤《いきどお》りを感じていたのだ。

幕府の御米蔵は浅草、大川の右岸に沿って埋め立てられた総坪数三万六千六百五十坪の土地にある。北から一番堀より八番堀まで舟入り堀が櫛《くし》の歯状に並び、五十四棟二百七十戸の蔵があった。

将軍も御家人もおしなべて武士は、領知内から収穫される年貢《ねんぐ》米で暮らしている。

食べる分を除き、銭金に換えて生活の糧《かて》としているのだ。

米は年三回に分けて受け取る。如月《きさらぎ》、皐月《さつき》、神無月《かんなづき》である。支給日には旗本、御家人といった幕臣たちの他、米問屋、米仲買人や運送に携わる者で、蔵前はごった返す。

幕臣たちは支給日の当日、自分たちが受領する米量や組番、氏名などが記された米切手を御蔵役所に提出する。入り口付近に大きな藁束《わらたば》の棒が立ててあり、それに手形を竹串《たけぐし》に挟んでおいて順番を待った。

これを、「差し札」と呼ぶ。幕臣たちは支給の呼び出しがあるまで近くの茶屋などで休んでいた。面倒だ。それで、札差という商売が生まれた。札差は、幕臣たちに代わって俸禄米を受領して米問屋に売却するまでの手間一切を請け負うのだ。

札差たちは米の支給日が近づくと、出入り先の旗本や御家人の屋敷を廻り、各々の切米《きりまい》手形を預かっておいて御蔵から米が渡されると、当日の米相場で現金化し、手数料を差し引いた残りの金を屋敷に届ける。

江戸開府から時代を経るにつれ幕臣たちの暮らしは困窮した。収入は決められている。何らかの役に就いていない限り、父祖伝来の固定した家禄のみである。時代が下るにつれ物価上昇、消費性向が強くなることに対応できなくなったのだ。

そこで幕臣たちは蔵米を担保にして金を借りるようになる。その際、借入先として都合がよかったのが札差である。自分の屋敷に出入りしている札差に借金をし、札差は蔵米の支給日に売却して得た金から手数料と借金の元利を差し引き、屋敷に届ける。

札差はこうして金融業者としての性格を強めていった。

「札差連中は、旗本、御家人どもの甘い汁を吸って大きくなり、贅沢三昧《ぜいたくざんまい》の暮らしをしておるのですぞ」

憎々し気に定信は吐き捨てた。

実際、明和から天明にかけて江戸に盛名を轟《とどろ》かせた通人を気取っている連中の多くが札差だ。彼らは十八大通《だいつう》と呼ばれ、財力に物をいわせ江戸の町を大きな態度で闊歩《かっぽ》している。

そうした札差を定信は快く思っていないようだ。

「かの者どもの贅を尽くした暮らしぶりによって、利を得ておる者は少なからずおります。決して、この世の害悪ではない、と存じます」

意次の考えに定信はむっとして、

「ですが、札差どもは、汗水流さず、米売買の仲介をするだけで莫大な利を得ておるのですぞ。不届きとは思われませぬか」

と、不満をぶつけるように問い質した。

「それは見方によるでしょう。商いというものは、様々な物産品を必要とする者に提供することにより、利を得るものです。札差どもの行いは商いの一環です。決して法度に触れるものではありませぬ」

「法度を犯さなければ、暴利を貪ってよいものでしょうか」

怒りを抑え、定信は問いかけた。

「暴利の分は運上金で納めさせております」

冷静に意次は述べ立てた。

「札差の上前を撥《は》ねている、ということですか」

不満そうに定信は失笑を漏らした。

「そうとも取れますな」

意次も笑った。

しかし、定信は真顔に戻り、

「それがしは、札差どもの振る舞いは戒めるべきだと存じます」

と、主張した。

その目は鋭く尖り、意固地さを漂わせている。

静かに意次は定信を見返す。

定信は続けた。

「昨今、江戸市中の風俗が著しく乱れておるようです。不届きなる読み物や錦絵《にしきえ》が氾《はん》濫《らん》し、町人どもは札差ばかりか、派手な装《よそお》いを楽しんでおります。贅沢華美を求めるのは、決してよろしからざるものと存じます」

朗々と定信は持論を展開した。

おもむろに、

「それは、御政道が間違っておる、という意味ですかな」

意次は目を凝らした。

定信はしまったとばかりに目を白黒とさせ、

「いえ、そのようなことは……その……贅沢華美を追い求める町人どもの風潮を嘆いておるのです。決して、公儀の政、田沼殿の政策を批判するものではござらん」

額に汗を滲《にじ》ませ、定信は言い訳めいた言葉を並べた。

意次は、それ以上は追及をせず、

「風俗の乱れは注視せねばなりませぬが、民の暮らしに公儀が口を挟むこともない、と考えます。むろん、悪事を働く者には厳しく当たらねばなりませぬがな」

あくまで穏やかに言った。

定信は異論を唱えず、黙っていた。

「越中殿は生真面目で誠実なお方だと拝察いたしました。さすがは、八代将軍吉宗公のお血筋でございますな」

吉宗の孫たる定信を意次は強調した。

定信は小さくうなずいた。

「わが父は吉宗公に従い紀州から江戸に参りました。吉宗公にお仕えし、吉宗公の政の様を父より教えられております。政におきましてお手本としております」

意次は言った。

定信は口を閉ざした。重苦しい雰囲気となり、話の継ぎ穂を探るように定信は悩ましそうに首を捻《ひね》った後に、

「失礼ながらお願いがあります」

と、居住まいを正した。

「わしで出来ることなら……」

笑みを浮かべ、意次は問い直した。

「それがしを溜間詰に推挙くださりませ」

深々とお辞儀をした。

意外な願い出である。定信が溜間詰を望んでいるとは思わなかった。それくらいの願いなら叶《かな》えられる。

「承知しました。お望みが叶えられるかどうかはわかりませぬが、わしは越中殿を溜間詰に推挙致します」

意次は引き受けた。

八

定信が帰ると用人三浦庄司が入って来た。

「殿、越中守さま、五百両もの香典とは……」

驚き入っております、と庄司は言い添えた。

「どうした風の吹き回しでしょうな。越中守さまは殿を憎んでおいでだと蔦屋重三郎から聞きましたぞ。殿に逆らっては得ではない、とおわかりになったのでしょうか。吉宗公のお血筋を誇るお方が」

庄司の困惑に、

「内心では、わしを家来に過ぎぬと見下しておる。家来にすり寄るのはあの方には屈辱であろう」

　淡々と意次は言った。

「越中守さまは何かお望みになったのですか」

「溜間詰に推挙して欲しいそうじゃ」

「お望みを叶えて差し上げますか」

「断る理由はない」

「政敵とまではいかずとも厄介な存在になるかもしれませぬぞ。殿の政策に異を唱えるかもしれませぬ」

　庄司は危惧した。

「公儀の政には加わらぬ。それにな、意知が死に、わし以上に動揺しておられるご仁もおる」

　意次は言葉を止めた。

「周防守《すおうのかみ》さまですか」

　周防守、すなわち老中首座松平康福である。官位は周防守で、意知は康福の娘を妻に迎えていた。意次によって老中首座に据えられているものの、康福に胆力があるわけではない。娘婿《むこ》の意知が刃傷沙汰《にんじょうざた》によって命を落としたからだろうか。

「周防守さまは、どうして動揺をなさっておられるのですか」

庄司は首を傾《かし》げた。

「これを」

意次は懐中から読売を取り出した。

「源内が……いや、道鬼が買い求めた」

意次は言い添えた。

庄司は手に取り、目を通してから、

「佐野を称《たた》えるなど、いかにも身勝手気儘《きまま》な町人どもですな。町方にこれを書いた読売屋を摘発させます」

庄司は憤った。

「まあ、待て。読売の書いたものが真実かどうかはともかく、人の口に戸は立てられぬ。それよりも、周防守殿は実はこうした下世話な噂がお好きじゃ。お好きというのが適当な言葉ではないのなら、こう言おう。世の中の声に敏感なのじゃ」

絹一揆《いっき》を覚えておろう、と意次は言い添えた。

絹一揆とは天明元年、上野《こうずけ》、武蔵《むさし》の十か所に絹糸貫目《けんし》改《あらため》会所を設け、絹の織物や糸の取引を行う都度、改料を徴収しようとした政策に対して起きた一揆である。養蚕農家を中心とした一揆は十万人以上に膨らみ、会所撤廃を求めた。特に当時の老中首座松平因幡守輝高《いなばのかみてるたか》の居城がある高崎に農民が押し寄せた。

輝高は会所廃止の触れを出し、一揆を鎮静化させたが、責任を取って老中を辞そうとした。しかし、家治に慰留され、老中に留まったものの、心労が祟《たた》って病に臥《ふ》せ、間もなく息を引き取った。

「よって、因幡守殿が民の声によって病に倒れ、衰弱死なさったことを周防守殿は目《ま》の当《あ》たりになさった。因幡守殿の二の舞は演じないと心に決めておられる」

意次は言った。

「お言葉ですが、高々読売の記事が一揆、いや、江戸では打ち壊しに繋《つな》がるとは思えませぬが」

庄司は言った。

「わしとても打ち壊しに発展するとは思わぬ。じゃが、何事も大袈裟《おおげさ》に心配をなさる周防守殿じゃ。その動揺を抑えるに、定信がわしの味方についてくれたと知れば、大きく安堵《あんど》するだろう」

意次の見通しに、

「確かに」

庄司は納得した。

次いで、

「いずれにしましても、読売屋を放っておくことはないと存じます」

と、提言した。

「そうかのう」

素《す》っ頓狂《とんきょう》な言葉を意次は言った。

「殿、それは」

困ったような顔で庄司は呟いた。

「道鬼」

と、意次は呼びかけた。

道鬼が入って来た。

道鬼は庄司に会釈《えしゃく》をしてから意次に向き直る。

「読売屋を潰すべきだと思うか」

意次は問いかけた。

「それは、得策じゃござんせんよ」

人を食ったような態度で道鬼は答えた。庄司は目でその訳を問いかける。

「その読売屋を潰しても別の読売屋が書き立てます。お上が読売屋を潰せば、その記事に信憑性《しんぴょうせい》を持たせますからな」

道鬼は考えを述べ立てた。

横で庄司がうなずく。

それから、

「ちょいと、この読売のことも含めて蝦夷地絡《がら》みの話を聞き込んでまいりましょう。蝦夷地を旅してきやがった男と繋ぎが取れましたんでね」

道鬼は言った。

「うむ、頼むぞ」

意次は言った。


明くる日、道鬼は内藤新宿にやって来た。

今日の夕べ太物屋、三河屋で狂歌会が催される。狂歌とは日常を江戸言葉を使って諧謔《かいぎゃく》的に詠《よ》む歌である。古来より伝わる和歌を面白おかしく本歌取りにしたりもした。

たとえば百人一首の光孝天皇の和歌、「君がため春の野に出《いで》て若菜摘むわが衣手に雪は降りつつ」を、「世わたりに春の野に出て若菜摘むわが衣手の雪も恥ずかし」という具合である。

天明期（1781〜89）、狂歌の人気は高まり、特に内藤新宿には大勢の文人が集って狂歌を詠んだ。道鬼も狂歌、戯作《げさく》には目がなく、内藤新宿に来る楽しみとしている。

内藤新宿は元禄《げんろく》十一年（1698）、浅草の名主であった高松喜六たちの嘆願により開設された。日本橋から二里程の距離、甲州街道と青梅《おうめ》街道の分岐点に位置する。宿場開設に当たり、幕府は信濃高遠《たかとお》藩内藤家の下屋敷の一部を上納させた為、内藤の名と新しい宿場ということで内藤新宿と名付けられた。

ところが、享保三年（1718）、八代将軍徳川吉宗の頃、内藤新宿は風紀が乱れているという理由で閉鎖されてしまう。

その後、度重なる嘆願の甲斐《かい》があり、明和九年（1772）に内藤新宿は再開された。嘆願の中心となったのは高松喜六の後裔《こうえい》、五代目の喜六である。

狂歌会が催される三河屋は内藤新宿きっての大店《おおだな》で、太物と称される綿織物、麻織物を商っている。

道鬼は狂歌会に出席した。

　そこには平秩東作も居合わせた。

「相変わらずだねえ」

　東作は親し気に道鬼に語りかける。

「東さんこそ、お元気なもんだ。はるばる蝦夷地まで旅したんだろう」

　道鬼は確かめた。

「ああ、そうだよ」

「面白かったかい」

「そりゃ、江戸とは大違いさ。土地柄も食べ物も……」

「これもかい」

　道鬼は小指を立てた。

「そりゃ、答えるのは野暮ってもんだ」

　東作は声を放って笑った。

　道鬼も笑ってから、

「で、蝦夷地にやつがれの出る幕はあるかね」

　と、表情を引き締めた。

「おや、蝦夷地に渡る気かい」

東作は道鬼を見返した。

「広大な蝦夷地さ。あたしゃ、秩父じゃしくじったけどね、いつか仇《かたき》を討ちたいと思っているんだよ」

道鬼こと平賀源内はかつて秩父に銅山があると信じ、開発に従事したが銅は発掘できなかった。山師としての実績を挙げられず、源内は大いに悔いたのだ。

「で、蝦夷地で鉱山の話を聞かなかったかい」

期待を込めて道鬼は問いかけた。

「耳にしなかったな。蝦夷地じゃ米も穫《と》れないんだからな。金や銀、銅はわからない。だけど、松前藩は金や銀、銅を掘っていても、公儀に隠し立てをするさ。何しろ蝦夷地は広い。あたしは、松前と江差《えさし》周辺に留まっていただけだからね、探せばあるかもよ。あんた、蝦夷地まで行ったらどうだい」

東作の勧めに、

「そうさな。どうせ暇だし、一度死んだ身だ。行ってみるかね」

道鬼は乗った。

「ところで、田沼さまも災難だね。息子さんが殺された上に、殺した佐野って旗本が神さま扱いだよ」

東作は言った。

「神さま扱いとは大袈裟だね」

道鬼は訝しんだ。

「おや、知らないかい。佐野善左衛門はね、佐野大明神って崇《あが》められているんだぜ」

「そんなに田沼さまは憎まれているのかい」

「田沼さまへの憎悪っていうのはね、米の値上がりのせいだろうね」

浅間山の大噴火、奥羽の飢饉《ききん》による不作続きとあって、東作が言ったように米価が高騰《こうとう》していた。江戸の町人たちにとっての幸福は、米が豊富だということである。おかずに事欠いても白い飯さえあれば、飢えはしないし、満足でもあった。町人の中には梅干し一個で丼飯《どんぶりめし》を食べることを自慢する者もいる。

江戸っ子の楽しみは白米をたらふく食べられることなのだ。米が高騰したとあってはまさしく死活問題である。

原因は自然災害なのだが、この時代、天災は為政者の不徳、悪政によってもたらされる、と信じる者が珍しくはなかった。

それゆえ田沼意次を呪《のろ》う声が町人の間に広まっていたのだ。

「それがさ、佐野が自刃《じじん》させられた翌日からだよ。米の値が下がり始めたんだ。だから、佐野さまさまってことになったわけさ」

　東作は言った。

「米の値が下がったのは田沼さまの政の効果が現れたからじゃないか。そこがわからないんだね。わからないし、わかろうとしない。佐野を神さま扱いする方が面白いからね。民は勝手なもんだね」

　道鬼は失笑した。

「まったくだよ。でもね、うさを晴らしたいのが人情ってもんだ」

　東作も賛同した。

「さて、あたしゃ、蝦夷地の夢でも見るかね」

　両手をこすり合わせ道鬼は言った。

「羨《うらや》ましいね」

　東作は遠くを見る目をした。

第二章　佐野大明神

一

山本道鬼は日本橋通油町にある蔦屋重三郎の店を訪ねた。四月半ば、暦の上では初夏であるが、分厚い雲が空を覆《おお》い、肌寒い風が土煙を舞わせている。だが、耕書堂はいつものように客でごった返している。

「相変わらず繁盛《はんじょう》しているね」

道鬼が笑顔を向けた。

しかし、その笑顔は坊主頭《ぼうず》の隻眼《せきがん》、おまけに右頬には縦に刀傷が走っているとあっては、不気味さを際立《きわだ》たせるだけだった。

「まだまだですよ」

重三郎は両手をこすり合わせ、用件を尋ねた。

「佐野大明神のことは、知っているよね」

道鬼に問われ、

「ああ、佐野さまさまだって崇《あが》めたてられているようですね」

重三郎は柏手《かしわで》を打って拝む格好をした。

「あんた、誰かに黄表紙でも書かせたらどうだ。それとも佐野大明神を錦絵《にしきえ》にするとかさ。ええ、どうだい」

道鬼が勧めると、

「あたしゃ、気が進まないね」

重三郎は畳に錦絵を並べた。

佐野を平将門《まさかど》に擬した錦絵であった。佐野が田沼意知に刃傷《にんじょう》に及んだ様子を浅野内匠頭《たくみのかみ》が吉良上野介《きらこうずけのすけ》に斬《き》りかかった風に描いている絵もある。

「なんだ、ちゃっかり商いにしているじゃないか。さすがは重さんだ。受けているだろう」

道鬼は膝《ひざ》を打って感心した。

しかし、重三郎は冴《さ》えない顔で、

「うちのじゃないんですよ」

と、言った。

「どこの地本問屋だい」

道鬼は錦絵を見ながら問いかけた。

「鱗形屋《うろこがたや》の残党です。あいつら、田沼さまに恨みがあるからね」

「そういうことか。重さん、田沼さまに遠慮したってわけか。案外、義理堅いんだな」

からかうように道鬼は笑いかけた。

「義理人情に欠けちゃあ、江戸っ子の面汚《つらよご》しだあね」

重三郎は今回の佐野大明神騒動には苦々しい思いを抱いているようだ。

「それと、地本問屋の意地ってもんもあるしね」

重三郎は役者のように見栄《みえ》を切った。

「意地ってなんだい」

わかっていながら道鬼は問い返す。

「流行に乗り遅れたり、二番煎《せん》じは嫌だってことですよ。いつもとはいかないまでも、先を越されるんじゃなくて、あたしゃ、先を走りたいんだ。そんで、他の連中があたしを追いかけて来るって具合じゃないとね」

重三郎は流行に乗っかるのではなく、新しいものを作り出すことを生き甲斐《がい》にしている。

「じゃあ、佐野大明神には背を向けるって言うんだね」

道鬼が確かめると、

「まあね」

不貞腐《ふてくさ》れたように重三郎はごろんと寝転がった。

「どうだろう。反目を張ったら」

道鬼はにやりとした。

「反目たぁ、何ですよ。佐野大明神を貶《おとし》めるってことですかい」

気乗りしないのを示すように、重三郎は腕枕《うでまくら》のまま問い返した。

「いや、貶めるんじゃないさ。佐野も意知さまも双方を引き立たせるのさ」

「どういう絵図ですよ。源内先生、いや、道鬼さんよ、いい知恵があるのかね」

いける、と地本問屋の勘が働いたようで　重三郎はむっくりと半身を起こした。

「佐野が意知さまに刃傷に及んだ原因を黄表紙に仕立てるんだよ」

「巷《ちまた》じゃ佐野の家系図を意知さまが借りておいて返さなかったとか、いい役職に就けてもらえるよう賄賂《わいろ》を贈ったのに無視された、とか噂《うわさ》が流れていますね。それが真実じゃないと……」

重三郎は首を傾《かし》げた。

「真実かどうかは、やつがれにはわからないね。でもね、佐野をけしかけた者がいるっていうのはどうだい。その方が面白いじゃないか。黄表紙は物事の真実を描く必要はないさ……おっと、こりゃ、釈迦《しゃか》に説法だね」

目についた黄表紙を手に取り、道鬼はひらひらと振った。

「道鬼さん、何か嗅《か》ぎつけているんですかい。田沼さまに何か聞いたんじゃ……」

「いや、田沼の殿さまは何もおっしゃっちゃいない。ただ、やつがれは色々と勘繰りたい性分なんでね、刃傷の一件には大きな力、田沼さまを嫌う力が働いているんじゃないかってね、その方が読者の興味を引くだろう」

「確かにその筋の方が面白いけれど、あんまり荒唐無稽《こうとうむけい》だと、却《かえ》って受けませんや」

重三郎は危惧《きぐ》した。

「だからさ、調べるのさ。佐野の黒幕はいたのかいなかったのか。いたとしたら、誰だ。それを匂《にお》わせるような物語に仕立てるんだよ」

「調べるたって、江戸市中で起きた一件じゃないんですよ。千代田の御城の中の出来事さ。それを調べるとなると……貸本にかこつけて手代たちに嗅ぎ回らせる訳にはいかないしな……」

重三郎は思案するように天井を見上げたがすぐに何度かうなずいた。

道鬼も首を縦に振った。

「恋川春町《こいかわはるまち》先生と朋誠堂喜三二先生だね」

重三郎が二人の戯作者《げさくしゃ》の名を上げると、

「お二人が適任さね」

道鬼は賛同した。

春町は本名を倉橋格《いたる》といい、譜代名門松平家駿河国小島藩主の側用人《そばようにん》、喜三二は外様の雄藩、出羽国秋田藩佐竹家の江戸留守居役平沢常富《つねまさ》である。佐野の刃傷に関するネタ探しにはまさしく適任だ。

「譜代、外様、双方から探れば、面白いネタが拾えるかもしれないよ」

道鬼が言い添えると、

「確かに新機軸のネタが拾えるかもしれませんね。もちろん、そのまま黄表紙に仕立てるわけにはいかないが……」

「浄瑠璃《じょうるり》や芝居の『仮名手本忠臣蔵』は元禄《げんろく》に起きた赤穂騒動を南北朝時代に話を移した。真田幸村が活躍する大坂の陣は源平合戦になぞらえられている」

道鬼が言ったように、真田幸村を佐々木高綱に、徳川家康を北条時政に擬している。

それを受け、

「どういう具合に描くかは、お二人の先生にお任せするとして、何が飛び出すでしょうかね」

　重三郎は道鬼の考えを聞きたいようだ。

「さてね……ただ、お二人の先生の調べが進めば、色々と絵図が描けるんじゃないかい」

「結局、そうなるか」

　重三郎は思案をした。

「ところで、重さん、伊達家中の工藤平助って医師が書いた、『赤蝦夷《あかえぞ》風説考』を読んだかい」

「喜三二先生から借りて読みましたよ。喜三二先生は秋田藩佐竹さまのご重役ですからね、秋田から蝦夷地は近いから、蝦夷地の動きには敏感なんですよ。ああいったお堅い書物は書物問屋、さしずめ須原屋《すわらや》さんが扱う代物《しろもの》ですから、うちじゃ売る気はありませんがね」

　興味がなさそうな態度を重三郎は示したが、言葉とは裏腹の好奇心が表情に窺《うかが》える。世の中に新たな物を提供したい、提供して人々をあっと言わせる、それを生き甲斐とする重三郎なので、江戸っ子にとっては未開の大地である蝦夷地に食指が動かないはずはない。

他の地本問屋に先駆けて蝦夷地を題材に黄表紙、錦絵をものにしたいのではないか。

重三郎を煽《あお》るように道鬼は言った。

「確かに、『赤蝦夷風説考』はお堅い本には違いないけどね、蝦夷地は黄表紙になりそうなネタの宝庫さ」

「たとえば……」

「工藤平助が危惧しているように蝦夷地がオロシャに乗っ取られるってことさ。それを物語にするっていうのはどうだい」

道鬼の言葉に、一瞬、重三郎は口をつぐみ、

「そいつは大風呂敷だね。工藤ってお方、伊達家中なんだろう。伊達さまにも洒落《しゃれ》がわかるご家来がいなさるんですね。こりゃ、傑作だ」

重三郎は膝を打って笑った。

「大法螺《おおぼら》でも大風呂敷でもないとしたら、恐《こわ》いぜ」

「そりゃそうだけど、まさか、道鬼先生、本気で言っているのかい。オロシャは本当に蝦夷地を奪うつもりかい」

「やつがれは、オロシャの皇帝じゃないから返事はできないんだがね、隙《すき》あらば、取

っちまうというのは、古今東西どの国でも定法さ」

けろりと道鬼は言った。

「そりゃそうだ」

道鬼の言葉に賛同し、重三郎は遠くを見る目をした。

「工藤は、オロシャに蝦夷地を奪われない方策も書いているよ」

道鬼が言うと、

「賢いお方だね。確かオロシャと交易をするんでしたね」

拾い読みしただけですがねと、重三郎は打ち明けた。

「蝦夷地の鉱山を開発して産出される金や銀、銅でオロシャと交易をするんだとさ」

「へ～え、だけど、蝦夷地に金や銀、銅が眠っているんですかい。それに、交易相手はオランダと清国だけだって、東照大権現《だいごんげん》さまがお決めになったんじゃないんですかい。いくら田沼さまだって、権現さまの法度《はっと》を破るなんてできないんじゃないのかな」

重三郎は危惧した。

「ところがね、権現さまはオランダと清国以外と交易しちゃいけない、なんてお決めになってないいんだ。第一、権現さまがご在世の頃、シャムやスマトラなんかと交易をしようとなさったんだぜ」

「それが、清国とオランダだけになったのはいつからなんですか」

「三代家光公の頃さ。肥前の島原でキリシタンの大一揆《いっき》があってね、キリシタンを後押しする南蛮の国との関係を断ったのさ」

「道鬼さん、物知りだね」

　重三郎は感心した。

「それで食ってきたからね」

　平賀源内は、本草学、蘭学《らんがく》、地質学に広くて深い知識があるばかりか、浄瑠璃、戯作、蘭画、狂歌にも通じている。まさしく、博覧強記だ。

「するってえと、オロシャはキリシタンの国じゃないのかい」

　重三郎の問いかけに、

「宗派は違うがキリストの教えを信仰しているさ。だがね、要は日の本で布教しなきゃいいんだ。オランダだってバテレンの信徒ばかりなんだからね」

「なるほどね。そうか、道鬼さん、蝦夷地で金や銀、銅を掘り当てたいんですね」

「そうさ、秩父でできなかった汚名を雪《そそ》ぎたいのさ。もっとも、源内は死んでいるから、世間には公《おおやけ》にできず、自己満足にしかならないけどね。それに、北の大地には夢が詰まっているよ。さあ、楽しみだね」

道鬼は両手をこすり合わせた。

「あたしも何だか地本屋魂が疼《うず》いてきましたよ」

重三郎も声を大きくした。


神田橋の自邸で田沼意次は道鬼の報告を受けた。

「平秩東作によりますと、蝦夷地で鉱山の話は聞かなかったそうですがね、東作が滞在していたのは松前と江差周辺だけだったそうですから、松前が極秘にしているかもしれませんね。オロシャに比べればちっぽけですが、蝦夷地は広大ですからね。奥羽《おうう》より広いそうですぜ」

道鬼の報告に、

「松前藩が鉱山を隠しておるとしたら、むしろ、その方が好都合じゃな」

意次はにんまりとした。

「なるほど、松前藩が公儀に内緒で鉱山を持っていたなら、それを口実に転封ができるって寸法ですね」

道鬼の言葉に意次はうなずく。

「ならば、調査隊を送り込むとするか。肝心なのは、松前藩の連中任せにしないことじゃ。公儀独自で蝦夷地を調べる。蝦夷地を測量し、鉱山を探索する、加えてアイヌと松前藩、アイヌとオロシャの交易の実態……さらには、オロシャと松前藩の抜け荷の有無、それらを調べ上げることができる者を選出する。となると、勘定方の役人を派遣することになろう。身分はあっても、役に立たぬ者は論外じゃな」

冷めた口調で意次は言った。

「やつがれも加えてくださいな。今度こそ金や銀、銅を掘り当ててご覧に入れますよ」

道鬼の申し出を、

「いいだろう」

即座に意次は許した。

「蝦夷地か……こりゃ、楽しみだ」

「物見遊山《ゆさん》ではないぞ」

「わかっていますよ。でもですよ、物見遊山気分で行った方が、案外大きな獲物《えもの》が得られるんですよ」

「そなたらしいな。それと、佐野の一件だが」

意次は言葉を止めた。

「そいつは、背後関係を探ってもらいますよ」

道鬼は蔦屋重三郎に頼んだ経緯を報告した。

「それでいい」

意次は承知した。

「では、これで。蝦夷地への調査隊が決まったら、お報《しら》せください」

深々とお辞儀をし、道鬼は立ち上がった。

二

登城した意次は、将軍徳川家治に挨拶《あいさつ》をすべく中奥に入った。

家治は将棋を指していた。相手になっているのは、小納戸《こなんど》の中野清茂である。将棋が強いのか、家治好みの指し方をするのか。近頃、家治の将棋相手は清茂が務めている。

将棋盤を眺めると見慣れぬ駒《こま》がある。

「ほう、酔象ですか」

意次は興味深そうに盤上を見やった。

「清茂は酔象使いが達者じゃ」

家治の言葉に清茂は慇懃《いんぎん》に頭を下げる。酔象の駒は清茂が持ち込んだという。なるほど、通常の将棋に新たな趣向が加わり、家治は清茂を相手に指名するようになったのだろう。

しばし、意次は家治と清茂の対局を眺めていた。清茂は意次が家治に用事があると気遣ってか、早指しとなり、

「負けましてござります」

と、投了した。

家治は意次に向き直る。

清茂は盤上の駒を片付け始めた。家治は名残惜しそうに横目で将棋盤を見る。

「すぐに終わります」

意次は気遣った。

「苦しゅうない」

家治は公務優先の態度を示した。意次は清茂に話が終わり次第、将棋を再開するよう命じた。清茂は部屋の隅で控えている。

「上さま、蝦夷地を調べたいと存じます」

意次は言った。

「蝦夷地か……雪深い不毛の地と耳にしておるが」

家治は訝《いぶか》しんだ。

「思わぬお宝が眠っておるかもしれませぬ」

意次は鉱山開発の可能性を報告した。

「金山、銀山、それに銅山か……」

首を捻《ひね》りながらも家治はうなずく。

「それだけではありませぬ。アイヌとの交易、場合によりましてはオロシャとも……あ、いえ、オロシャとの交易は慎重に検討をしないといけませぬが」

意次はロシアとの交易の可能性は控えめに示した。

しかし、家治は聞き漏らすことなく、

「オロシャと交易か」

敢《あ》えて事の良《よ》し悪《あ》しを口にしないのは、意次を信頼する家治らしい気遣いだ。

「オロシャは広大なる国。交易が成れば、大いなる利がもたらされるかもしれませぬ」

意次が説明を加えたところで、

「それはよいが、バテレンは大丈夫なのか」

家治はキリスト教の布教を危惧《きぐ》した。

「むろん、バテレンにつきましては、日の本に布教を企てないか、よくよく調べたいと存じます。オランダのように、あくまで交易のみの付き合いができるとわかりましたら、交易を行うかどうか、老中、若年寄と吟味を致したく存じます」

意次は恭《うやうや》しく頭を下げた。

「うむ、主殿《とのも》、任せる」

口元に笑みを浮かべ、家治は了承した。

「ありがたき幸せに存じます」

深々と意次は頭を下げた。

このお方あってこその田沼主殿頭意次だ。信頼に対する御恩返しは生涯を懸けてせねばならない。

意次は改めて家治への忠義を燃え立たせた。

その夜、一橋中納言《ちゅうなごん》治済は中野清茂の訪問を受けた。

「早速の報告か」

治済は笑みを浮かべた。

清茂はうなずくと、田沼意次が蝦夷地を調べること、鉱山開発とロシアとの交易を始めようとしている、と報告した。

「田沼め、次から次へと企《たくら》みよるものじゃな。実に大した奴《やつ》じゃ」

感心を通り越し、治済は呆《あき》れた。

「上さまは田沼さまを御信頼なさっておられます。それゆえ、蝦夷地を調べるという田沼さまの建策をお認めになりました」

清茂は言い添えた。

「上さまを後ろ盾に、己が企みを推し進めるのは田沼の常套《じょうとう》手段じゃ。虎《とら》の威を借る狐《きつね》じゃな。じゃが、この老狐《ろうこ》、実に狡猾《こうかつ》、油断も隙もない」

苦々しそうに治済は吐き捨てた。

清茂は黙っていた。

「ま、よい。引き続き、田沼の動きを見張れ」

治済に命じられ、清茂は恭しく頭を下げた。

それから、

「畏《おそ》れ多いことではござりますが、中納言さまは田沼さまを嫌っておられますか」

素朴な表情で清茂は問いかけた。

「嫌っても好いてもおらぬ。田沼は公儀の政《まつりごと》を動かしておる。上さまはご聡明《そうめい》なお方ゆえ、田沼が間違った政道を行えば、それをお戒めになるだろう。じゃがな、上さまとて神仏ではない。加えて家基さまを亡《な》くされ、気弱になっておられる。それに田沼が乗じておる一面もある。よって、時にお間違いになるやもしれぬ。そうならないよう、御側近くにある者がお守りせねばならぬのじゃ」

もっともらしい理屈を治済はつけた。

「ごもっともでござります」

清茂は納得するように返すと、立ち去った。


清茂と入れ替わるようにして松平定信がやって来た。

「ご指示通り、田沼に五百両を渡しました」

いかにも不満そうに定信は報告した。

「それは重畳」

笑みを浮かべ治済は返した。

次いで、

「田沼は喜んでおりましたかな」

「まあ、それなりに」

「溜間詰入りの一件、しかと頼まれたか」

「頼んでござる。田沼は推挙すると引き受けてくれました」

苦々しい顔で定信は返した。

「田沼、面白いことを考えておるようですぞ」

治済は言った。

「よからぬことですか」

「田沼は良い事、と思っておるのでしょうが……蝦夷地に興味を抱いておる」

「蝦夷地……」

定信は怪訝《けげん》そうに首を傾げた。

「蝦夷地に金山、銀山、銅山があると目を付け、さらにはオロシャとの交易を企んでおるとか」

治済が言い添えると、

「なんと」

定信は絶句した。

「オロシャと交易をすれば、莫大《ばくだい》な利を上げられると田沼は信じておるようですぞ」

「そのような……まさしく暴挙ではござらぬか。オロシャと交易など許されるはずはござらぬ」

顔を朱色に染め、定信は拳《こぶし》を握りしめた。

「上さまも田沼の暴走は止められぬようですな」

困った、と治済は手で肩を叩《たた》いた。

「なんという不忠な。家基さまを亡くされ、心労甚だしい上さまに付け込むとは、田沼という男、邪悪なる男ですな。そんな田沼にそれがしは頭を下げ、媚《こ》びてしまった」

怒りの後、定信は落ち込んでしまった。

「越中守《えっちゅうのかみ》殿、気を落とされておる場合ではござりませぬぞ。我ら結束をして上さまをお守りせねば」

治済が励ますと、

「ごもっともです」

気を取り直し、定信もうなずいた。

「しかし、オロシャとの交易となりますと、いかに田沼でも実現させるのは骨でござるな。上さまのご信頼のみが後ろ盾……田沼はその一点で強行しようという腹なのでしょうが……ひょっとして、田沼は蝦夷地でしくじるかもしれませぬぞ」

治済の見通しに、

「それは……」

期待の籠《こも》った目で定信は見返した。

「越中守殿はオロシャが本気で蝦夷地を狙《ねら》っておると思われるか」

治済は問いかけた。

「さて、それは……」

判断がつかない、と定信は首を捻った。

「その可能性を田沼はオロシャと交易をすることで、潰《つぶ》そうとしておりますな」

治済の考えに、

「交易など論外！」

一瞬にして定信は気色ばんだ。

「ならば、いかがなさる。オロシャからいかにして蝦夷地を守る」

試すように治済は定信に問いかけた。

思ってもいなかった問いかけに、定信は即答できない。

それを見て治済は続けた。

「わしは政には疎《うと》い。関心もない。政で、敢えて興味があるのは人事だな。老中、若年寄、奉行に誰が就くのか。懇意にしておる者が就けば便宜を図ってもらえる。老中らがどのような政を行おうが、徳川将軍家に害を及ぼさない限り任せればよいと考えます。将軍は日の本を守るのが務め。元来、征夷《せいい》大将軍は夷狄《いてき》から日の本を守るのが役目ですからな。もし、オロシャが蝦夷地を領知にせんと軍勢を差し向けてきたら、我らはいかにすべきか。将軍の下、老中、若年寄ばかりか、大名、旗本が一丸となってオロシャと戦わねばならない。今年や数年先は、オロシャは攻めては来ないかもしれぬ。しかし、家斉が将軍になったら」

治済は言葉を止めた。

将軍になった家斉はロシアとの戦の陣頭指揮を執らねばならない、その時、家斉を支える定信の双肩《そうけん》に合戦の帰趨《きすう》がかかっている、と言いたいのだ。

治済の危機意識は定信に伝わり、定信は思案を巡らした。

治済は続けた。

「田沼がやろうとしておるオロシャとの交易、蝦夷地を守るという観点に立てば、有効であろう。田沼は機を見るに敏じゃ。商いで戦が避けられると踏めば、躊躇《ためら》うことなくオロシャと交易を始めましょうな」

淡々と治済は見通しを語った。

頭の中で整理がついたようで定信は、

「オロシャとの交易は公儀の法度に背きます。いくら田沼とて、法度を犯すようなことはせぬし、できないと存じます」

と、腹から絞り出すように言葉を発した。

「甘いですな」

治済は一刀両断するように断じた。

「そうでしょうか」

思わず定信は反発をした。

「オランダと清国の船に限るようになったのは……」

ここまで治済が言ったところで、

「島原の一揆騒動の前後ですな。神君家康公がお定めになったのではないのです。従って、絶対に守らねばならぬ法度ではない、田沼が付け入る余地はある、とおっしゃりたいのですね」

定信が返すと、

「まさしく」

治済はうなずいた。

「ですが、公儀は三代家光公の御代に盤石の体制となったのです。盤石となった公儀が異国との交易相手として決めたのが、オランダ国と清国でございます。それを壊すようなことは許されませぬ」

定信は断固として主張した。

「なるほど、越中守殿が申されることは筋が通っておる。しかし、それはあくまで公儀の、日の本の側に立った理屈だ。相手が聞いてくれればよいがな。オロシャはどうであろうな。田沼が恐れているように蝦夷地を狙って来たらどうする。合戦に及ぶか。相手は会ったこともない見たこともない夷狄じゃぞ。ご存じのように、蝦夷地は極寒の地ですぞ」

「蝦夷地とて夏はありましょう。松前藩だけでは無理でも、差し当たって奥羽の諸藩に軍勢を出させれば十分に戦えるでしょう」

「オロシャが夏に攻めて来るとは限らぬ。冬、雪深き時節に攻めて来たらどうする。いかに奥羽諸藩といえど、雪の中での合戦は難渋するであろう。蝦夷地の雪は奥羽とは比べものにはならんそうじゃ」

治済は危惧した。

「オロシャとて雪には難渋するでしょう。条件は同じです」

定信は譲らない。

「オロシャの国柄を存じておりますか。とてつもなく広大な領知であるが、その多くがシベリアという不毛の地だそうじゃ。蝦夷地を凌《しの》ぐ厳寒の地じゃ。よって、オロシャの軍勢は雪での合戦に慣れておるじゃろう。果たして勝ち目はあるかのう」

苦笑を漏らし、治済は嘆じた。

すると定信は表情を和らげ、

「オロシャが蝦夷地を奪う、と決まったわけではございませぬ。伊達家中の工藤何某《なにがし》とか申す医師が書き記した『赤蝦夷風説考』という本で好き勝手に想像しておるに過ぎませぬ。田沼はそれを真に受けておるのでしょう。それがしには、田沼は蝦夷地をオロシャの脅威から守ることを名目に交易を始めるつもりだと思えて仕方ありませんん」

定信は自説を唱えた。

「越中殿の見通しが当たっていればよいのじゃがな」

治済は小さく息を吐いた。

「それがしは、オロシャは蝦夷地を奪う気はない、と考えます」

胸を張り、定信は自信満々に断じた。

「して、その根拠は」

治済は目を凝らす。

「中納言殿がおっしゃったように、オロシャは雪深き、不毛の土地が多いようですな。蝦夷地もオロシャよりは温暖とはいえ、作物が実らない痩《や》せた土地であることに変わりはありませぬ。オロシャの軍勢が雪慣れをしているとはいえ、攻めるとなれば、船団を編制し、莫大な金子を要します。そんな大変な準備をして得るほどの利が蝦夷地にあるとは思えませぬな」

すらすらと定信は持論を述べ立てた。

「うむ、越中殿、実に明瞭《めいりょう》なるお考えでござりますな。なるほど、言われてみれば、ごもっともでござる」

定信の考えを治済は受け入れた。

「恐縮です」

定信は軽く頭を下げた。

「越中殿のお考えを聞き、ほっと安堵《あんど》しましたぞ。いや、わしなんぞは気が弱い性質《たち》ですからな、赤蝦夷どもがいつ攻めてくるか、と夢に出てきました」

快活な笑いを治済は放った。

「田沼の企み、何とか阻止できませぬか」

定信は言った。

「わしも政には口出しできぬからな」

自分をへりくだりながらも治済は何か楽し気である。

「中納言殿、楽しそうですな」

定信が指摘をすると、

「こういうことには、心が躍るものですぞ。越中殿もいずれ、おわかりになります」

治済は否定しなかった。

「それがしは、田沼に媚びました。情けないですが」

恥じ入るように定信は目を伏せた。

「韓信の股潜《またくぐ》り、だと申しましたぞ」

励ますように治済は語りかけた。

「おそれ入ります」

定信は面を伏せた。

「飯でも食いましょう」

治済は奥女中を呼ばわった。

次々と食膳《しょくぜん》が運ばれて来た。

「豪勢な食膳は、越中殿好みではないですな。まあ、今日のところは目をつぶってくだされ。さあ」

治済は蒔絵《まきえ》銚子《ちょうし》を持ち上げた。

定信は杯を差し出した。

三

意次は勝手掛を任せている老中水野忠友と勘定奉行松本秀持《ひでもち》を神田橋の自邸に呼んだ。

二人とも意次に呼ばれ、緊張の面持ちである。ただ、役目ではなく内々の訪問と伝えている為《ため》、裃《かみしも》ではなく羽織袴《はかま》姿である。対する意次も小袖《こそで》に袴、くつろぎを示すように袖なし羽織を重ねている。

「そう、硬くなるな」

意次は秀持に気さくな様子で語りかける。秀持は天領からの年貢《ねんぐ》取り立ての不足を責められると思っているようだ。

「申し訳ござりませぬ。なにせ、このところの飢饉《ききん》によりまして……」

しどろもどろになりながら、秀持は言い訳の言葉を並べた。

「よい、本日、呼んだのはその一件ではない」

鷹揚《おうよう》に意次は返す。

秀持はぽかんとした顔になった。

「そなたが申したように飢饉続きゆえ、米の収穫ができずに年貢の取り立てが減少するのはもっともである。しかし、江戸での米価高騰《こうとう》はそれだけが原因だと思うか」

意次が問いかけると秀持は苦渋の顔色となった。何か心当たりがあるようだ。

「腹に留めておることではない。申してみよ。ここだけの話だ」

意次は優しく促す。

「では、申します。奥羽の諸大名家が米価高騰を見越し、自領で穫《と》れた米を大坂に回《かい》漕《そう》しておるとのこと」

「そのようじゃな。飢饉は一年で治まると想定しての処置であったのじゃろう。目先の利を得ようとした愚かな行いじゃ。案に相違して飢饉は続いた。当然、大名たちの領内の米も不作じゃ。よって、自領内の民も飢え死にが絶えぬ」

秀持は意次の言葉にうなずき、

「皺寄《しわよ》せは民に行く、というわけですな」

忠友は嘆息した。

「天領内では餓死者を出さぬよう努めよ」

改まった調子で意次は命じた。

「畏《かしこ》まってござります」

秀持は声を励ました。

「さて、ここからじゃ」

意次は咳払《せきばら》いをした。秀持は真剣な面持ちとなる。

「やはり、年貢頼りの台所は限界ということじゃ。天候ばかりは、どうしようもない。巷ではわしの不徳、田沼の悪政が浅間山の噴火、奥羽の大飢饉を招いた、と囃《はや》し立てておるようだがな」

意次は苦笑した。秀持はどう返していいか困惑した顔つきとなった。

忠友は、

「口さがない者どもが面白がっておるだけでござる。本気でそんなことを考えておる者など迷信深き者しかおりませぬ」

そんな噂は聞き流すべきだと忠友は述べ立てた。

「わしとて、そんな声に耳を貸すつもりはない。ともかく、年貢に替わる収入源として商人への運上金や長崎交易の見直し、殖産などを行ってきた。ここでもう一つ大きな柱を作りたい」

意次は二人を見た。

秀持は表情を引き締めた。

「蝦夷地じゃ」

意次が告げると秀持は口の中で、「蝦夷地」と呟《つぶや》いた。

「これを読んだか」

意次は工藤平助の『赤蝦夷風説考』を秀持の前に置いた。秀持は、読んでいないと答えた。

「ならば、それを持ち帰りじっくりと読むがよい」

意次は言ってから、

「赤蝦夷とはオロシャのことでな、工藤によるとオロシャの者どもが蝦夷地近海や国《くな》後《しり》、択捉《えとろふ》、得撫《うるっぷ》でアイヌたちと交易をしておるそうじゃ。工藤はオロシャが蝦夷地を狙っていると警鐘を鳴らしておる。蝦夷地をオロシャに奪われない為には蝦夷地の鉱山を開発し、産出した金銀銅でオロシャと交易をせよ、と記しておる。わしは、オロシャとの交易、そして蝦夷地の鉱山開発、それを公儀台所の柱にできぬものか、と考えておるのじゃ」

意次は打ち明けた。

秀持は、『赤蝦夷風説考』を手に取ったが、この場でめくるわけにはいかず、そのままそっと畳に置いた。

意次は続けた。

「唐突にすまぬな。柱にしたいが、あくまで書物を読んだ上でしかない考えじゃ。実際の蝦夷地をわしは知らぬ。わしに限らず、公儀にはこれまで蝦夷地に関心を向けた者はおらぬ。わしは蝦夷地を調べたい。そなた、勘定所の役人を中心に調査隊の人選に当たってくれ。測量、算術、物産に明るい者たちじゃ」

意次に言われ、

「承知しました」

秀持は言葉に力を込めた。次いで、

「田沼さまもご承知のように、勘定組頭の土山宗次郎が蝦夷地に目を向けるよう建言しておりました。蝦夷地への調査隊は土山に人選させたいと存じます」

「そうであったな。うむ、土山に任せよ」

意次は了承した。

それから、

「オロシャとの交易となりますと、反対の声も大きいと存じますが」

秀持は危惧した。

「反対の声は交易で得られる利の大きさで小さくなり、やがては消える」

忠友が口を添えた。

「それはそうですな。飢饉による米不足を目の当《ま》たり《あ》にし、背に腹は代えられないと思うでしょう」

秀持も賛同した。

「その通りじゃ」

意次は笑った。

「蝦夷地とは、さすが田沼さま。目の付け所が違いますな」

秀持の称賛に、

「世辞はよい。わしより先に土山が目を付けておったのじゃ」

淡々と意次は返した。

「土山の考えは今回のような壮大なものではなく、あくまでアイヌとの交易でしたが、土山の慧眼《けいがん》は誉《ほ》めてやらねば……では、勘定組頭土山宗次郎と人選を進めます」

一礼し、秀持は辞した。

秀持がいなくなってから、

「忠友殿、わしが蝦夷地にのめり込み過ぎると思うか」

改まったように意次は忠友に問いかけた。

「羨《うらや》ましいですな。古希が近いというのに、夢中になれるものがあるということは……あ、いや、これは失言でした。それだけ、公儀の台所を真剣にお考えなのですな。本来ならわしも意次殿以上に関心を示さねばならないことです」

忠友は恐縮した。

意次はふと寂し気な顔になった。

忠友は、

「そうですな……意知殿のこと」

意知を失い、生き甲斐《がい》を失《な》くしかけたのだろう。意知の死を乗り越える為にも蝦夷地にのめり込んだのではないか、と忠友は意次の心情を思った。

「ともかく、わしは前のめりになってしまいがちです。忠友殿、やり過ぎだと思われたなら、わしを窘《たしな》めてくだされ」

意次は頭を下げた。

「何を申される。我ら一味同心ですぞ」

忠友は微笑《ほほえ》んだ。


忠友が帰り、意次は道鬼を呼んだ。

「蝦夷地への調査隊であるが、勘定奉行の松本秀持と勘定組頭土山宗次郎が人選に当たることになった」

意次が言うと、

「土山宗次郎……そりゃ、好都合ってもんですよ。土山は内藤新宿の平秩東作の狂歌仲間ですからね。東作は蝦夷地を旅してきましたから、前以《もっ》て蝦夷地に関する話を聞けるでしょうし、あたしも調査隊に加えて頂くよう頼んでもらいますよ」

道鬼は両手をこすり合わせた。

「うむ、よかろう」

意次も認めた。

「ところで、佐野大明神、大した評判ですよ」

佐野の墓がある浅草徳本寺は連日、押すな押すなの人だかりだと道鬼は報告してから、

「人の噂も七十五日ですからね、やがて飽きられるでしょうが」

意次の不安を打ち消すように言い添えた。

「好きにさせておけばよい」

意次は強がりではなく、心底からそう思っている。無責任な戯言《ざれごと》に付き合う暇はないのである。

「その通り」

道鬼は声を大きくした。

それから、

「念の為、黒幕はいないか、探っておりますんでね」

と、言った。

「わしの滅びを望む者が佐野の後ろ盾になったということか」

「そうかもしれないって段階ですがね」

「念の為じゃ。黒幕がおったのなら、知っておきたいな」

意次は言った。

「そっちの方はお任せください」

道鬼は胸を張った。


道鬼は日本橋通油町にある耕書堂を訪ねた。重三郎が、

「こりゃ、道鬼先生。例の一件なら両先生にお願いしていますぜ」

佐野の背後関係を探る一件を重三郎は語った。

「何か摑《つか》めそうかい」

道鬼は問い直した。

「まあ、そう急ぎなさんなよ。先生らしくないでげすよ」

重三郎が頭を振ったところで、

「御免」

と、一人の武士が入って来た。

四

「こりゃ、橘洲《きっしゅう》先生」

重三郎が呼びかけた。唐衣《からころも》橘洲という狂歌師であり、本名は小島源之助という。御三卿《ごさんきょう》の田安家に仕えており、道鬼とも内藤新宿の狂歌会でちょくちょく顔を合わせる間柄だ。

「どうしました、冴えない顔で」

重三郎が問いかけると、

「宮仕えは辛《つら》いよ」

橘洲は薄笑いを浮かべた。

「何か揉《も》め事でもありましたかい。田安さまといやあ、今、ご当主不在ですよね」

重三郎は首を捻った。

「ああ、九年前に越中守さまが奥州白河藩松平家に養子入りなさってすぐに、殿がお隠れになられたからな。その越中守さまは昨年、家督をお継ぎになり藩主になられたが、偶《たま》に実家にお戻りになるんだ」

顔をしかめ橘洲が返すと、

「で、最近になって越中守さまは里帰りなさったたって訳ですね」

重三郎に確かめられ、

「そうなんだ、で、ご挨拶に伺ったんだがね……」

ここで橘洲は首をすくめた。

面白いネタが拾えそうだ。田安屋敷があるのは江戸城内とあって、貸本の手代を出入りさせる訳にはいかない。橘洲の話は貴重だ。

「どうしました」

重三郎は半身を乗り出した。

「いやあ、越中守さまがえらく荒れてな。そりゃもう、大変だったのだよ」

橘洲は言った。

「荒れた原因は」

道鬼が問いかけた。

「田沼さまさ」

橘洲は言った。

道鬼の目がきらりと光る。重三郎が、

「ひょっとして、佐野大明神と関わりがあるのですか」

と、突っ込む。

「佐野大明神というと、今評判の佐野善左衛門を崇め奉《たてまつ》る信仰か」

問い直してから橋洲は、「馬鹿々々しい」とくさした。違うんですかと重三郎が確かめると、

「違うよ。越中守さまは佐野の刃傷事件には何の関わりもないのだからな。いや、そうでもないな。越中守さまが屋敷に寄ったのは、意知さまの香典を持って、田沼さまを訪れた、その帰りだったんだよ」

定信は不機嫌どころか、大いに荒れたのだ。

「あんなに悪酔いした越中守さまを見たのは初めてだ」

まず普段と違い食膳に酒を注文した。日頃、定信は酒に口をつけなかった。それが、その日は大杯を用意させ、浴びるように飲んだ。更には、家臣たちに当たり散らし、「どうして、自分を田安家に戻してくれと、公儀に訴えなかったのだ、と憤《いきどお》る始末だった」

橋洲の話を受け、

「田沼さまを訪ねて、何か嫌なことでも言われたんですかね」

重三郎は首を傾げた。

「さあ、どうだろうな。その辺のことは何もおおせにはならなかったからな」

橋洲は顎《あご》を掻《か》いた。

ここで道鬼が、

「白河さまがいらした日、田沼の殿は上機嫌であられたぞ」

と、言った。

「訪問された田沼の殿は上機嫌で、訪問した白河の殿は不機嫌、ということですかい。両者に何があったんでしょうね」

こりゃ面白い、と重三郎は両手をこすり合わせた。

「ふん」

橋洲は小鼻を鳴らした。

「どうしました」

更に重三郎は突っ込む。

「越中守さまは香典に大金を持参なさった。白河藩松平家中では間に合わず、田安家の蓄えにも手を付けられ、更には一橋家からも借りたのだよ」

「一体、いくら持参なさったのですか」

「五百両は下らんだろうな。田安家と一橋家で百両ずつ用立てたのだからな」

「へ〜え、随分と奮発なさったもんだね。田安さま、一橋さまといやあ、御三卿だ。いわば、公方《くぼう》さまのお身内じゃないか。まったく、草木も田沼の殿になびくご時世ってなもんだね」

重三郎は言った。

すると、

「驕《おご》る平家は久しからず、かもしれないぞ」

橘洲は言った。

「橘洲先生、佐野大明神の田沼意知さま刺殺はその表れ、そして、平家のように滅びるってことですかい」

重三郎が問いかけると道鬼もうなずいた。

「そうならないとは限らないさ」

橘洲は言った。

「するってえと、田沼の殿さまに取って代わろうという勢力があるんですかい。『平家物語』の源氏みたいに」

重三郎は問いかけた。

「見当たらないね」

橋洲は即答した。

「じゃあ、田沼の殿さまは安泰なんじゃございませんか」

重三郎は同意を求めるように道鬼を見た。

道鬼は軽く息を吐き、

「さてな……源頼朝は流人《るにん》暮らしをしていたぞ。とてもとても平家が恐れるような力はなかったんだ」

「なるほど、今は潜伏している敵がいるってことか。ありそうな話だ。そんでもって、その敵が佐野大明神をけしかけてたってわけかね。ねえ、橋洲先生、その黒幕が誰だか見当がつきませんかね」

重三郎に問われ、

「おいおい、重さんよ、物騒なことを言いなさんな。佐野は私《わたくし》の恨みで意知さまを殺《あや》めた、と思うぞ。佐野を操る者なんぞ、とんと見当がつかんな」

首を左右に振り橋洲は返した。

「なんだ、つまんないね」

途端に重三郎は鼻を鳴らした。

「ふん、おまえ、田沼さまのお蔭《かげ》で地本問屋になれたんだろう」

顔をしかめ橘洲は言った。

「もちろん、恩を感じていらあね、だからさ、佐野大明神と崇め奉られている佐野善左衛門の面の皮を剝《は》がしてやりたいんだ。田沼の殿を陥《おとしい》れようとしている奴の正体を白日の下に晒《さら》してやりたいんですよ」

僅《わず》かに怒りを示し、重三郎は言った。

「重さんの気持ちはわかるが、いもしない敵を想像すると、ろくな結果は招かないよ。黄表紙を扱っていると妄想が膨らむばかりで、実物よりもはるかに大きな敵を作り出してしまうもんさ。だがね、実際の出来事なんて陳腐なもんよ。おっと、重さんには釈迦に説法だったね」

忠告するように橘洲は宥《なだ》めた。

「そりゃそうだ」

重三郎は納得したような顔をしたが、その実、ろくに聞き入れていないのは、しれっとした態度で明らかである。

それは橘洲も察していて、

「何を言っても無駄だろうがな」

と諦《あきら》め顔である。

道鬼が、

「白河の殿さまは、やっぱり田沼の殿さまを恨んでいるんですね。そりゃ、ご自分が将軍になれるはずだったのを田沼の殿さまに邪魔されたって、信じていらっしゃるからしょうがないか」

と、問いかけた。

「そういうことだろうさ。もっとも、越中守さまが白河藩松平家に養子にだされたのは、一橋家から家斉さまが公方さまのご養子になるよりもずっと前なんだがね」

橘洲は肩をすくめた。

「でも、お兄上が亡くなられたときに、もし白河の殿さまが田安家に残っていたら将軍になれたかもしれない。田安家から越中守さまを追い出したのには、田沼の殿さまが一枚嚙《か》んでるって、専《もっぱ》らの噂ですぜ」

重三郎が言った。

小兵衛が貸本を通じて集めてきたネタだ。

「だけど、その恨みをいつまでも引きずる越中守さまではないと思うがな。不満を抱いても、そこはお大名だ。殿中じゃ、巧《うま》く付き合いなさるさ。ただ、正面から田沼さまと会ったら、いい気分にはならないだろうがね」

橋洲は定信を庇《かば》った。

重三郎は真顔になり、

「ここだけの話、松平越中守定信さまが佐野をけしかけた、ということはありませんかね」

と、問いかけた。

「馬鹿な」

橋洲は即座に否定した。

「それは考えられないな。田安家の御曹司《おんぞうし》にして徳川御一門の白河藩主と五百石の下級旗本に繋《つな》がりがあるとは思えないな」

道鬼も否定した。

「そうですよね。でもね、白河の殿さまが黒幕ならうまい話に仕立てられそうなんだがな」

重三郎は残念そうに眉根《まゆね》を寄せた。

「黄表紙になり辛いんじゃないのかい」

道鬼は否定的だ。

「そこは、仕立てようによりますがね」

地本問屋の腕の見せ所だと、重三郎は言った。

「そりゃ、そうだがね」

道鬼は顎を掻いた。

「道鬼先生、お知恵拝借といきたいですね。意知さまの仇討ちのつもりで」

重三郎は言った。

「仇討ちときたかい。そりゃ、面白いね。考えてみるか」

道鬼が言うと、

「やめといた方がいいよ。あまりにも物騒だ。触らぬ神に祟《たた》りなし、だ」

橘洲は諫《いさ》めたが、

「佐野大明神の祟りですか」

重三郎が茶化し、

「やつがれは祟られないさ。なにせ、平賀源内は小伝馬町の牢《ろう》屋敷で獄死しているんだからね」

道鬼はけたけたと笑った。

「こいつはいいや」

重三郎も笑う。

橋洲も、

「こりゃ、洒落ってもんだね」

と、打って変わって賛同した。

「なら、そうさね」

道鬼は思案を始めた。

重三郎も腕を組んだ。

半時後、

「こういうの、どうかな」

と、道鬼は重三郎に提案してきた。

「聞きたいですね」

重三郎が言うと、橋洲も期待を込めて道鬼を見た。

「鶴岡八幡宮《つるがおかはちまんぐう》で起きた源実朝《さねとも》殺害、あれになぞらえるのさ」

意知を実朝に擬し、佐野善左衛門を、実朝を殺した公暁《くぎょう》に擬する。

「赤穂騒動は南北朝の頃の鶴岡八幡宮だけど、今回の一件も鶴岡八幡宮か。いいんじゃないかね。それで、松平越中守さまは誰に擬するんですかい。北条義時《ほうじょうよしとき》かい」

重三郎は問いかけた。

「北条義時は田沼の殿さまだね。白河の殿さまは三浦義村さ」

道鬼は言った。

三浦義村は鎌倉幕府の有力御家人で義村の妻は公暁の乳母であった。義村は公暁をそそのかし、実朝と義時を討ち果たそうとした。実朝が殺されたのは鶴岡八幡宮で行われた右大臣拝賀の儀式の最中であった。その際、義時は実朝の太刀持ち役で儀式に参列するはずだった。

ところが、式の直前になり、義時は体調を崩し、太刀持ち役を源仲章《なかあきら》に代わってもらった。そして仲章は実朝と共に公暁の刃《やいば》に倒れた。

公暁は仲章を義時と思って斬殺《ざんさつ》した、という説があり、その説を元に暗殺事件を解釈すると、義村が義時に取って代わろうとし、公暁に実朝と共に義時を殺させようと企《たくら》んだが、義時に逃げられた。

義村は公暁の口から自分の名前が漏れることを恐れ、三浦邸に逃げ込んで来た公暁を口封じに殺した。

この説だと三浦義村は相当な悪人である。松平定信も悪人だという印象を持たれることになる。定信が黙っているはずはなかろう。

「ちょいと、やつがれはこの筋書きで黄表紙を書いてみるよ」

道鬼が言うと、

「期待していますよ」

重三郎は快哉《かいさい》を叫んだ。

五

田沼邸に戻り、道鬼は意次と面談に及んだ。

「面白い話を耳にしたでげすよ」

道鬼は言った。

「何じゃ」

意次は目を凝らした。

「白河の殿さま、意知さまの弔問にいらっしゃいましたね」

道鬼が言うと、

「ああ、いささか驚いたぞ」

含み笑いを意次は漏らした。

「白河の殿さま、大層荒れたそうですぞ」

橘洲から聞いた松平定信の悪酔いぶりを話した。意次は薄笑いを浮かべ、

「白河殿は、そんなにもわしを嫌いなのか」

「嫌いどころじゃないみたいでげすよ。こりゃ、祟られますぜ」

「将軍になるはずだったのに、田沼意次に邪魔された、と本気で信じ込んでいるようじゃな。乳母日傘《おんばひがさ》で育ったお方は世間知らずじゃ。世の中、そんな単純なものではない、ということがおわかりではないようじゃ」

意次は小さくため息を吐いた。

そこへ、用人三浦庄司が入って来た。意次が道鬼に今の話を聞かせろと命じた。道鬼は定信の悪酔いぶりを繰り返した。

「こりゃ、逆恨みもいいところではございませぬか」

庄司は言った。

「恨むのは勝手だ」

意次は冷静だ。

「ですが、白河さまはいささか度が過ぎますぞ。これでは、お望みの溜間詰の一件、

ご尽力なさることはありませぬ」

庄司は言い立てた。

「いや、推挙しよう」

意次は言った。

「何故《なにゆえ》でござりますか。恨まれるのが怖いのですか……あ、いや、失礼申しました。殿はそのようなお方ではありませぬな」

庄司は首を傾げた。

「ここは恩を売っておく。それより、気になることがある」

意次は言葉を止め、道鬼と庄司の顔を見やった。

次いで、

「それだけ、わしを嫌い抜いておる白河殿が、何故、五百両を持参し、わしに頭を下げに来たのか」

これには庄司が、

「敢えて私情を殺したのでしょう。恨みを腹の底に押し隠して、溜間詰にしてもらう為に……」

と、言った。

「そうかな。確かに、そうした気持ちもあっただろう。しかし、白河殿は誇り高きお方じゃ。わしのような成り上がり者を見下しておられる。そんなわしの所にいくら立身の為とは言え、頭を下げに来るものか」

意次が疑問を呈すると、

「確かに」

庄司も訝《いぶか》しんだ。

「道鬼はいかに思う」

意次が問うと、

「ご自分だけの意志ではないんじゃないですかね」

道鬼は答えた。

「白河藩の家臣に勧められたか」

意次の推測に、

「そうかもしれませんが、もっと別に、誰か白河の殿さまを煽るご仁がいるのかも」

道鬼は危ぶんだ。

「それじゃ！」

我が意を得たりとばかりに意次は声を大きくした。

「まさか、そんなことが」

庄司は否定したが、

「いや、あり得る」

意次は目を凝らした。

「では、それは誰なのですか」

庄司の問いかけに、

「一橋中納言治済殿じゃ」

意次は静かに答えた。

道鬼は見える左目を大きく見開き、庄司は、「まさか」と思わず声を出してしまった。

第三章　傀儡師《くぐつし》の企《たくら》み

一

天明四年の秋、山本道鬼こと平賀源内が書いた黄表紙『傀儡師南無八幡大菩薩《なむはちまんだいぼさつ》』が巷《ちまた》で評判となっていた。鶴岡八幡宮で起きた源実朝暗殺を描いていたが、その粗筋は誰にもこの三月に起きた田沼意知刃傷《にんじょう》事件を想起させるものだった。

作中、公暁が、「さねとも」を、「おきとも」と言い間違えるところが何か所かあった。三浦義村が公暁を傀儡として操り暗殺させるのだが、その義村の屋敷には松平を暗示する松が沢山植えてあり、池は白河の清き泉水をたたえている、と義村に松平定信を仮託したことがわかるようにあからさまに表現されていた。

蔦屋重三郎は手代たちにこの『傀儡師南無八幡大菩薩』を持たせ、貸本先の武家屋敷に向かわせた。

そのかいあってか、表立っては松平定信が佐野善左衛門を傀儡のように操ったと指摘する者こそいなかったが、じわじわと定信が黒幕だったという噂《うわさ》が広がっていった。

そんなある日、定信は一橋治済を訪ねた。

「評判ですな」

からかうように治済は黄表紙の書物を定信に差し出した。題名を見ずとも、『傀儡師南無八幡大菩薩』だとわかる。

苦い顔をした定信に、

「気になさることはござらん」

治済はにこやかに言った。

「別に気になどしておりませぬ」

ぶっきら棒に定信は返した。

「それが、気になさっている証《あかし》ですぞ」

治済は真顔になった。

「お言葉ですが、ひどく不埒《ふらち》なる黄表紙でござる。大体、黄表紙などという不埒極まる本など禁止すればよいのです。風紀の乱れのもととなります」

怒りを抑えることができず定信は拳《こぶし》を握り締めた。

「黄表紙なぞに目くじらを立てることはない、と存じますぞ」

鷹揚《おうよう》に治済は宥《なだ》めた。

定信は言葉を呑《の》み込んだ。

「それより、溜間詰《たまりのまづめ》の件、主殿《とのも》に推挙の約束を取り付けたのは重畳でしたな」

治済に誉められたが、

「主殿の屋敷を訪ね、下げたくもない頭を下げ、五百両を持参して頼みました」

いかにも面白くなさそうに定信は言った。

「主殿、果たして約束を叶《かな》えてくれますかな」

思わせぶりに治済は言葉を止めた。定信は不安そうな顔になった。

「ともかく、溜間詰になれば、定信殿は幕政に関与できる。これからはいつでも政《まつりごと》を担《にな》えるように備えるのですぞ」

治済は励ました。

「承知しました」

答えたものの言葉に力が入らない。

「いかがされた」

治済は首を傾《かし》げた。

「政なんぞ、担えるかどうか」

不安を口に出した。

「徳川一門は幕閣を担えない、と思っていらっしゃるのなら、会津藩の藩祖、保科正之《ほしなまさゆき》公を思い出されよ。正之公は将軍補佐役を担われた。その大きな先例があるのですぞ。保科正之公の再来となり、公儀を、家斉を支えてくだされ」

真顔で治済は頼んだ。

「その暁には」

定信は生返事をした。

治済は、

「さて、越中守《えっちゅうのかみ》殿の為《ため》にも家斉さまの為にも主殿には退いてもらわねばな」

と、目を凝らした。

「言うは易《やす》しですが」

定信は薄く笑いを浮かべた。

「そう、まさしく言うのは勝手です」

治済も笑った。

そして笑顔を引っ込め、

「意知が死に、田沼意次一派に大きな穴が空きましたぞ。この機会に乗じて楔《くさび》を打ち込まねばなりませぬぞ。その穴を広げ田沼という巨石を崩し去るのです」

では、何処《どこ》を崩しますかな、と治済は聞いた。

「さて、それがしにはさっぱりわかりませぬな」

定信は乗り気ではない。

正直、定信は謀略めいた動きは苦手だ。

「主殿が失ったらもっとも困る者です。しかも、最も信頼する者を」

治済は言った。

「それは一体……」

定信は首を傾げた。

「おわかりでしょう」

治済はにんまりとした。

ここまでいい加減に応答してきた定信だが、にわかに真剣味を帯びて、

「水野忠友ですな」

と言った。

「いかにも。勝手掛老中水野忠友でござる。主殿は忠友を頼りにしております。策を施そうという時は必ず忠友に相談する。よって、忠友をこっちに引き入れるのが上策

ですぞ」

治済の考えに、

「しかし、どうやってこちらに寝返らせるのですか」

定信は言った。

「いきなり、こちらの味方になってくれ、という訳にはいきますまい」

治済は言った。

「それはわかっています」

定信は目を凝らした。

「ならば、知恵を絞りなされ」

試すように治済は言った。

「そうですな」

定信は思案の後、

「忠友殿の好物を贈りましょう」

「好物は何でしょうな」

治済は言った。

「さて、存じませぬ」

定信は首を左右に振った。

「それでは、話になりませぬな」

小馬鹿にしたように治済は笑った。定信は屈辱で手が震えている。

「そこで、これでござるよ」

治済は、『傀儡師南無八幡大菩薩』を手に取った。

「それが?」

定信は首を傾げる。

「越中守殿、忠友に泣きつくのですよ」

思わせぶりに治済はにんまりと笑いかけた。

「泣きつくとは」

治済の言葉に定信は困惑を深めるばかりだ。

「これは、暗に、いや、露骨に越中守殿が佐野の背後にいる、と思わせるように書いてあります」

治済は書物と定信を交互に見た。

「無責任な黄表紙が書いておることです。それがしは、怒りこそすれ、相手にはしておりませぬ」

それは強がりではなく、定信の本音のようだ。

「たとえ、そうであっても、困っておる、と忠友に相談を持ちかけるのですよ」

わかるか、と試すように治済は言った。

「はあ……つまり、忠友殿と繋《つな》がるきっかけですな」

ようやくわかった、と定信はうなずいた。それから、

「こんな悪評が立ってしまって困っております。これでは、田沼殿に申し訳がない、頼んでおる溜間詰にもなれそうにない、と訴えるのですな」

定信が確かめると、

「その通りです」

我が意を得たとばかりに治済は首肯した。

「しかし、そんな心にもない訴えなど、それがしにはできませぬ」

定信は躊躇《ためら》った。

「そこを何とか」

目を凝らし治済は頼んだ。

「できませぬ」

定信は意地を張った。

「では、こうしましょう」

と、治済は自分も同席すると言い添えた。

「いや、それは」

さすがに定信は遠慮したが、

「構いませぬ」

治済はむしろ楽しそうである。

恐縮する定信に、

「越中守殿にばかり働かせては申し訳ござらんからな」

治済は楽しそうだ。


一橋邸に水野忠友がやって来た。

忠友は恭《うやうや》しく治済に挨拶《あいさつ》をした。

「何かと気遣い、感謝致しますぞ」

治済は忠友に、一橋家の台所に不自由がないよう、気遣ってもらっている礼を述べ立てた。

忠友は礼を返したが、その目には警戒心が表れている。

「お呼び立てしましたのは余の儀にあらず、ちょっと困ったと相談を受けたのです」

治済は言った。

「ほほう」

忠友は訝《いぶか》しんだ。

ここで襖《ふすま》が開き、松平定信が入って来た。忠友はおやっとなり、治済を見る。治済は穏やかな顔のまま、

「越中守殿がいささか困っておられるのです」

「はあ……」

思いもかけない人物との遭遇に忠友は困惑をした。

定信は治済の横に座り、一礼をした。忠友も挨拶を返す。定信は懐中から黄表紙、『傀儡師南無八幡大菩薩』を取り出し、忠友の前に置いた。

「お読みになりましたか」

定信は切れ長の目を忠友に向ける。

「いえ……」

首を左右に振り、忠友は否定した。

「そうでござりましょうな。このような下世話な本を忠友殿がお読みになるはずはご

ざりませぬな」

定信は返してから、かいつまんで本の内容を語り、

「つまり、それがしを三浦義村になぞらえておるのでござる」

と、言い添えた。

治済が、

「公暁が佐野善左衛門、源実朝が田沼意知殿でござるな」

念の為、と言い添えた。

「もちろん、根も葉もない好き勝手な草双紙でござる。しかし」

定信は言葉を止め、悩ましい顔をした。

「越中守殿は田沼殿に申し訳ない、と思っておられるのです」

治済は言った。

「田沼殿に」

忠友は困惑の色を深めた。忠友にすれば、黄表紙如《ごと》きで定信が田沼に申し訳ない、と危惧《きぐ》する理由がわからないのだろう。

忠友の理解不能の様子を見て治済は続けた。

「まるで、越中守殿が佐野をけしかけて意知殿を殺《あや》めた、かのような内容になってお

りますな。そのことを越中守殿は田沼殿に申し訳なく感じておられるのでござる」

治済が言った。

「田沼殿はこのような下世話な書物に目くじらを立てることなどありませんぞ。越中守殿の取り越し苦労と存じますが」

忠友は励ますように明るい口調で定信に語りかけた。

「そうでしょうか」

定信は小さくため息を吐いた。

見かねたように治済が、

「越中守殿は生真面目《きまじめ》なお方。しかも、責任感がお強いのでござる。それゆえ、まったく根も葉もない下らぬ黄表紙であっても、意知殿を殺める事件の黒幕となったのは申し訳ない、と思っておられる。ついては、忠友殿から田沼殿に取りなして頂きたいのでござる」

と、頼んだ。

「よしなにお願い致す」

定信は深く頭を下げる。

「あ、いや、面を上げてくだされ。そういうことでしたら、拙者から田沼殿に越中守殿のお気持ちをお伝えします。田沼殿は全く気になさっておられないと存じますが」

にこやかに忠友は返した。

「そうでありましょうとも」

治済はそれを受け入れ、定信の取り越し苦労を笑った。定信はあくまで殊勝な顔を崩さず、

「何分にもよしなにお願い致します」

と、慇懃《いんぎん》に頭を下げた。

忠友は表情を引き締めて、「承知致しました」と同じように頭を下げた。

「やはり、忠友殿は頼りになりますな。流石《さすが》田沼殿の右腕と評判のお方だけある」

治済は忠友を褒め上げた。

忠友の顔に一瞬、暗い影が過《よぎ》った。

それは、治済から田沼意次の右腕と言われたことへの反発のように思えた。つまり、意次の手下と見なされることを快く思っていないのだ。

治済は話を変えた。

「ところで、田沼殿は蝦夷地《えぞち》に興味を持たれておるそうですな。かの地を調べるとか」

「いかにも。蝦夷地は広大、これまで松前藩に任せてきましたので、公儀として蝦夷地の実態を確かめる所存です」

忠友は言った。

「オロシャとの交易を考えておられるとか」

治済は言った。

「そこまでは考えておられませぬな。あくまで、蝦夷地の実態を把握する為でござる」

忠友は断じた。

「蝦夷地は公儀の台所に貢献するのですかな」

定信が確かめると、

「さて、それも調べた上ですな」

木で鼻を括《くく》ったような返事を忠友はした。

「田沼殿が蝦夷地に関心を向けられたのは、工藤平助の『赤蝦夷風説考』を読んでであありましょう」

定信は問いを重ねた。

「そうですな」

短く忠友は答えるに留めた。

定信は顔を曇らせ、

「伊達家の医師ごときの考えに左右されるとは……公儀の御政道を担う者のすることでしょうかな」

と、嘆いた。

それには忠友は言葉を返さなかった。

「忠友殿、今後ともよろしくお願い致す」

治済は改めて言い添えた。定信も慇懃に礼をする。

忠友も丁寧な挨拶を返してから立ち去った。

忠友がいなくなってから、

「水野忠友、気分を害したようですな」

治済は忠友が田沼意次の手下と見なされることへの不快さを示した場面を持ち出した。

「まずいですな」

定信は危惧した。

「いや、そうでもござらんでしょう」

治済が言うと、

「何故《なにゆえ》ですか。こちらの言葉を不快に受け取ったのですぞ」

治済の失言だと言わんばかりに定信は責め立てた。

「むしろそれで良かったのではないですかな」

治済は言った。

「何が良かったのですか」

定信は必死で怒りを抑えている。

「まあ、よくお考えあれ。いいですか、忠友は田沼の手下と見なされるのを内心で不快に思っているのですぞ。そういう不安と不満を抱きながらも、実際は田沼の引き立てによって老中、しかも勝手掛になれたのです。あの反応を見ると、それはわかっていながら、一方で自分は有能だと思っているに違いありませぬ。水野忠友の脳裏には、田沼の手下と見なされることへの葛藤《かっとう》が生じておりますぞ」

治済の忠友評に、

「そうですな」

定信もうなずいた。

「ですから、忠友と田沼を引きはがすのは難しくはない」

当然のように治済は断じた。

「まさしく」

迷わず定信は賛同した。

今後の展望が開けた、と治済は明るい見通しを抱いた。

「しばらくして、田沼を訪ねたらよい。忠友は今日のことを田沼に話すでしょう。田沼がそれをどう受け取るか」

治済は楽しそうだ。

「田沼の権勢、案外と脆《もろ》いかもしれませぬな」

定信も自信を深めたようだ。

「これから、わたしは松平定信殿の名君ぶりを、御三家を中心に大名たちに吹聴《ふいちょう》します。むろん、大奥にも」

治済は微笑《ほほえ》んだ。

「それがしが名君などと」

謙遜《けんそん》ではなく、定信は心底から戸惑った。

「いや、名君ですぞ。奥羽《おうう》の諸藩は近年の飢饉《ききん》により、領内で飢え死にする者を出しておりますが、白河藩は一人の餓死者も出しておらぬとか」

治済の言葉に、

「家老どもの進言で米を備蓄しており、その備蓄米を領民どもに与えたのが幸いしました。幸いと言えば、備蓄米で儲《もう》けることを許さなかったことです。金儲けにうつつを抜かすのは大名のやるべきことではござらぬからな」

持論、信念を語る定信は熱くなっている。奥羽の諸藩は、飢饉は続かないだろうという見通しで備蓄米を大坂の米市場に送り、目先の金を稼いでいた。ところが、飢饉は一年で終わらず、今も続いている。

これが裏目に出て奥羽の諸藩は領内で多くの餓死者を出すはめになったのである。定信の、商いで利鞘《りざや》を稼ぐことを厭《いと》うどころか悪と見なす考えが幸いしたのである。決して、飢饉は続くという見通しがあっての処置ではなかった。

定信の商いに対する偏見がもたらした幸運だったのだ。

「一人の飢え死にも出さなかったというのは大いなる名君ぶりですぞ」

治済は再度強調した。

二

その数日後、田沼意次は神田橋の自邸に水野忠友の訪問を受けた。

御殿の奥書院で意次は忠友を迎えた。二人とも、羽織袴《はかま》の略装である。

「蝦夷地の調査隊、勘定所に属する普請《ふしん》方の役人を中心に人選を進めておりますぞ」

意次は声を弾ませた。

普請方を中心としているのは、測量の技術があるからだ。蝦夷地を測量し、もちろん鉱脈の有無も確かめる。

「田沼殿が生き生きと仕事をなさっておられるのを見ると、こちらも励みとなります」

という言葉とは裏腹に、忠友の表情は曇っている。

「何か、心配事でも」

意次は忠友の不安を読み取った。

「実は、白河侯から相談を受けたのです」

軽くうなずくと忠友は切り出した。

「松平越中守殿から……」

意次はおやっとなった。

「それが、他愛《たわい》もないことなのですがな」

わざと忠友は笑ってみせた。

意次は黙って話の続きを促す。

「町人どもの間で評判になっております黄表紙でござる」

忠友は、『傀儡師南無八幡大菩薩』の内容を説明し、

「越中守殿は三浦義村、つまり、ご自分が佐野善左衛門を傀儡師のように操っていた、と見なされるのを田沼殿に申し訳ない、と気にしておられるのです」

と、言った。

「そんなこと、わしは気になど致しませぬものを」

意次は一笑に付した。

「そうであろうと、拙者も越中守殿に申し上げたのですが、生真面目なお方なのでしょう。拙者から申し訳ない、と伝えるよう頼んでこられたのです。しかも、一橋中納《ちゅうな》言殿《ごん》の仲介で……」

「ほう、随分と念の入ったことですな」

意次は失笑を漏らした。

「松平越中守殿、真面目というより気弱なのかもしれませぬ。いずれにしましても、何と言われようと田沼殿の権勢は盤石なのですから」

表情を柔らかにし、忠友は話を締め括った。

「いやいや、わしの権勢などとは思っておりませぬ。全《すべ》ては上さまのご信頼あってのことです。わしは上さまのご信頼を裏切らぬように尽くしておるだけです」

「その謙虚さが田沼殿ですな」

感心したように忠友は言葉を添えた。

「ただ、意知を亡くし、最後の大仕事に万全を期す一心にて……」

最後の大仕事とは蝦夷地だ。

鉱山開発とロシアとの交易、これが成就《じょうじゅ》すれば幕府の財政は大いに潤《うるお》うのだ。そして、ロシアとの交易となれば、家康以来の掟《おきて》を破るのかと、反対の声が上がるだろう。意次に従っている幕閣でも、賛同しない者も出てくるだろう。幕政に口出しをしない御三家や御三卿《ごさんきょう》も黙ってはおるまい。

「反対意見を黙らせるためにも、もう一枚大きな手札を持っていた方が良い」

意次は半身を乗り出した。

「いかがしますか」

　忠友は意次に引き込まれるように問い直した。政局を動かそうとする時の意次は、ひときわ輝いている。

「井伊《いい》直幸《なおひで》殿に大老になって頂く」

　意次は言った。

「ほう、なるほど」

　忠友は得心し、深くうなずいた。

　井伊直幸は近江彦根藩主。井伊家は譜代筆頭の大名家で、歴代当主の中には大老となった者もいる。大老は老中の上に位置し、幕政において将軍を代行する。その権力は絶大であり、幕閣の決定を覆《くつがえ》すこともできる。

　しかし、この頃の大老は多分に名誉職の色合いが濃くなっており、幕閣の決定を覆すどころか異論を述べる者すらいない。

　若年寄を務める彦根藩の分家越後与板藩主井伊直朗《なおあきら》は意次の四女を妻に迎えており、意次はしっかりと井伊家との繋がりをつけている。

「直幸殿は田沼殿に感謝するでしょう」

　忠友の推量通りだろう。

たとえ名誉職とはいえ、大老を味方に付ければ、権力に不安はない。

「それにしましても、白河侯は、田安家のお生まれにして吉宗公のおん孫、そんなお方が田沼殿の顔色を窺《うかが》っておるのですからな、何度も申しますが、田沼殿の権勢に揺らぎはありませんぞ」

微塵《みじん》の疑いもないように、忠友は評した。

それには返事をせず、

「ともかく、懸命に役目に尽くすのみですな」

意次は冷静に述べ立てた。

忠友が帰ってから山本道鬼がやって来た。

「道鬼、いや、源内、さすがだな」

意次は言った。

「何のことですか……ああ、黄表紙でげすか。ちょいと、筆を舐《な》め舐めしただけでげすよ」

満更でもないように道鬼は微笑んだ。

坊主《ぼうず》頭、隻眼《せきがん》、刀傷の魁偉《かいい》な容貌《ようぼう》が際立《きわだ》つ。

「いやいや、大した評判のようだぞ」

意次がにんまりとすると、

「まあ、ああした類《たぐ》いの話は町人に好まれますから」

道鬼は謙遜してみせた。上機嫌のようで、見える左目の目元が和らいでいる。

「だがな、好むのは町人どもばかりではないぞ。高貴なお血筋のお方もな、えらく好まれたのじゃ」

意次が言うと、

「さては、白河の清きお方でげすか」

道鬼は更にうれしそうな顔をした。

「まさしくだ」

意次はうなずいた。

「ひょっとして、白河の清きお方、何か言ってこられましたか」

「汚き田の沼をいたく気にしておられるようじゃぞ」

「清きと汚き、生まれも育ちも正反対のお方ですものな。そのお方の立場が逆転、こりゃ、黄表紙のネタにはもってこいでげすよ」

道鬼は笑みを深めた。

「おい、図に乗るな」

意次はたしなめた。

「で、蝦夷地の一件、どうなりましたか」

笑顔を引っ込め、道鬼は表情を引き締めた。

「人選は進んでおる」

意次は言った。

「蝦夷地は寒さが厳しいが、夏も案外、暑いそうですよ」

道鬼は蝦夷地行きが楽しみだと首を伸ばした。


明くる日、道鬼は内藤新宿の平秩東作の家にやって来た。そこに来るよう土山宗次郎から連絡があったのだ。

宗次郎は幕府勘定所組頭である。役高三百五十俵、と身分は高くはないが、権限は大きかった。幕府から大名へ貸付《かし》が行われる際、その窓口と実務を担っているのだ。この為、公儀貸付金が下賜されるよう、勘定組頭には貸付を望む大名から賂《まいない》が贈られる。

宗次郎は賂によって羽振りがいい。なにせ吉原の妓楼《ぎろう》大文字屋の看板遊女誰袖《たがそで》を身請けしようとしているのだ。同格の旗本が逆立ちしてもできない芸当である。

「いよ、宗次郎旦那《だんな》」

道鬼は声をかけた。

「なんだ、死に損ない」

宗次郎は口が悪い。

「ああ、やつがれはね、首を斬《き》られたって動いてみせますよ」

道鬼は手刀で首を切る真似《まね》をした。

「で、あんた、蝦夷地に行きたいんだってな」

宗次郎の問いかけに、

「いけないでげすか。それとも、賂が必要ですか」

道鬼は袖《そで》の下に金子を入れる格好をした。

「死人から賂は受け取れないさね」

宗次郎は任せておけ、と請け合った。

東作が、

「思った以上に、寒かったですぜ」

蝦夷地を思い出したのか身体《からだ》を震わせてみせた。

「幽霊には平気でげすよ」

道鬼は言った。

次いで、

「景気のいいのは、宗次郎旦那だけでげすかね」

「馬鹿、わしはな、それだけのことをしているんだよ」

宗次郎は微塵も悪びれていない。

「そりゃ、そうだ。お大名も御旗本も金に困っているのに変わりはないものね」

東作が声をかけた。

「世の中、金次第だからな。こればっかりは、どうにもならんさ」

悪びれることなく宗次郎は言った。

「そうですな」

東作もうなずく。

「そんなにお困りの大名が多いんでげすか」

道鬼は確かめた。

「そりゃ、そうさ。借金で首が回らない大名も珍しくはないよ」

宗次郎は言った。

「世知辛いね」

肩をすくめ、東作は嘆いた。

そこで玄関から、

「御免」

という声が聞こえると、宗次郎は露骨に嫌な顔をした。

「わしはおらんよ」

宗次郎は腰を浮かし、居留守を使おうとしたが、声の主はかまわず入って来た。羽織袴の身形《みなり》が整った中年の武士だ。宗次郎が道鬼に、「水野左内、白河侯の近習だ」と耳打ちをした。

宗次郎はばつが悪そうな顔になった。

「土山殿、かねてよりのお願いの件でござる」

宗次郎の顔を見るなり、左内は切り出した。

「水野殿……、こんな所まで追いかけて来るなんて。ここではね、わしは役目のことは忘れたいのです。息抜きの場ですぞ」

不快さを隠そうともせず、宗次郎は返した。

「ですが、勘定所では面談くださらぬのでな」

左内も不満をぶつけた。

「そりゃ、わしは多忙を極めておりましてな。こう申しては何だが、水野殿お一人だけを相手にはできないのですよ」

おわかりくだされ、と宗次郎は言った。

御三卿田安家出身の松平定信の近臣を相手にしても臆《おく》しない宗次郎の態度は、公儀貸付金の実務を担う勘定組頭の威勢の良さを物語っている。

しかし、

「そこをなんとか」

左内もしつこい。子供の使いではない、と言いたいようだ。

宗次郎は小さくため息を吐いて、

「では、こちらに」

と、腰を上げた。

「すみませぬな」

言葉とは裏腹に左内は少しも悪いとは思っていない様子で宗次郎について行った。

道鬼も気になり、そっと後をつける。

宗次郎と左内は客間に入った。道鬼は忍び足で廊下を進み、客間の隣室に入ると、襖に耳を付け、二人のやり取りを聞く。


宗次郎は左内と向かい合った。

「公儀貸付を願いたい」

左内は言った。

「それは、実行しましたぞ」

素っ気なく宗次郎は返した。

「追加でござる」

「いかほどですか」

ぶっきら棒に宗次郎は問いかけた。

「五百両です」

左内が答える。

「何で必要なんですか」

宗次郎は目を凝らした。左内は憮然《ぶぜん》として、

「江戸の藩邸もいささか古くなりましたのでな、修繕費用に」

「ふ～ん、さようですか」

乗り気のない態度で宗次郎は返すと、「少々、お待ちくだされ」と客間を出た。縁側に出て大きく伸びをする。道鬼も部屋から出ようとしたが、東作が急ぎ足で宗次郎に近づいた。

「大文字屋から報《しら》せが届きましたぜ」

東作の言葉に、

「どうだった」

期待の籠《こも》った目で宗次郎は問い直した。左内のことなど頭から消えているようだ。

「大文字屋、誰袖の身請けに応じましたぜ」

東作は言った。

「そ、そうかい」

宗次郎の顔が一瞬にして輝いた。仏頂面《ぶっちょうづら》が柔らかになり、

「今夜はぱっといくかい」

と、両手を打ち鳴らした。

「もちろんですよ。めでたいね。ほんと、めでたい……と、言いたいところですけどね、土山の旦那、大文字屋が誰袖の身請けに応じるっていうのは、土山の旦那に限ったことじゃないんですよ」

微妙な言い回しを東作はした。

「どういうこったい」

宗次郎は表情を硬くした。

「つまり、誰袖を身請けしたいって男は旦那だけじゃないってこってすよ」

東作は説明を加えた。

「誰だい、誰袖を身請けしたいって奴《やつ》は」

宗次郎は苛立《いらだ》った。

「そりゃ誰袖ほどの上玉だ。金を持っている男なら誰彼なく身請けしたがりますよ」

「でも、わしが千両の身請け金で話を付けたんだぞ。実際、千両を払ったじゃないか」

不満を宗次郎は東作にぶつけた。

「ですがね、その後、千両に百両上乗せするような輩《やから》が表れたそうですぜ。それで、千両はお返ししますって」

東作は言った。

宗次郎は少しだけ思案の後、

「よし、では、百両上乗せだ。千二百両で話をつけるさ。このままじゃすまない。よくも、土山宗次郎さまを舐めてくれたもんだ」

と、唇を尖《とが》らせた。

「どうしますか。なんにしても、身請けは年内ですよ」

「わかったよ、それまでに何とかするさ」

こうなったら、意地だよ、と宗次郎は決意を示すように言い添えた。

「なら、話を繋がないとね。蔦重にでも頼みますか」

東作は言った。

「ああ、そうしてくれ」

「旦那、で、こっちの方は大丈夫なんでしょうね」

東作は右手で金を示すような格好をした。

「ああ、間違いないさ」

宗次郎は言う。

「じゃあ、早速、蔦重に繋ぎをつけますよ」

東作は引き受けた。

「頼むね」

口調が軽くなり、宗次郎は客間に戻った。

「水野殿、公儀貸付の件、微力ながらお役に立ちますぞ」

一転して宗次郎は好意を示した。

戸惑いながらも、

「まことでござるか」

左内は表情を和らげた。

「いかにも」

宗次郎は声を大きくしてから、改まった態度で、

「七百両でしたな」

と、確かめた。

「いえ、五百両で結構でござる」

怪訝《けげん》な目で左内は答えた。

「水野殿、七百両を貸し付けるように手配を致します。それで、差額の二百両は……」

にやりと宗次郎は笑った。

宗次郎の意図が読めた左内は何度もうなずき、

「よしなにお願い致す」

と、頼んだ。

「まあ、お任せください。では、越中守さまによろしくお伝えくだされ」

慇懃に宗次郎は頭を下げた。

左内は腰を上げようとしたがふとしたように、

「ところで、土山殿ならご存じではないですか」

と、問いかけた。

宗次郎が左内を見返すと、『傀儡師南無八幡大菩薩』の作者は誰かと問われた。

「さて、存じませんな。巷では評判になっているようですが」

惚《とぼ》けた様子で宗次郎は返した。

「あれは不届き極まる黄表紙でござる」

「黄表紙などというものは不届きな代物《しろもの》ばかりですよ。まともに取る者なんかいません。面白がっているんですよ」

宗次郎は笑った。

「それは、わかりますが、あれは、度が過ぎる。ひどい代物だ」

憤《いきどお》りを左内は示す。

「水野殿、いたくお怒りですが、何故ですかな」

「それは……わが殿を、佐野善左衛門を操った傀儡師と読める内容ではござりませぬか。あれでは、わが殿の面目は」

「越中守さまはお読みになったのですか」

表情を固くし、宗次郎は問い質《ただ》した。

「わが殿があのような下世話な読み物を手に取るようなことはありませぬ。しかし、評判は嫌でも耳に入るものです」

左内は言った。

「作者を知っていかがなさる。その者を捕らえて奉行所に突き出しますか。それとも、越中守さまがお手討ちになさいますか」

宗次郎は刀で斬りすてる真似をした。

「いや、そうではない。一体、どういう素性の者なのか、興味を持っただけでござる」

言い訳するように左内は言葉を添えた。

「素性は知りませんがね、相当に諧謔《かいぎゃく》の心を持った者でしょうね」

「町人ですか武家ですか。武家でしょうな。武士の所作が正確に描いてある。武家なら大名家の家臣ですか、それとも直参……」

公金貸付と同じく、左内は執拗《しつよう》に問いかけた。

「ですから、申したでしょう。存じません、と」

ぷいと宗次郎は横を見た。

「そうですか、ならば、おわかりになったら、お報せくだされ」

左内は腰を上げ、客間から出て行った。

道鬼は襖を開けた。

「おっと、こりゃ、盗み聞きかい」

不快がらずに宗次郎は声をかけた。

「偶々《たまたま》、隣室にいましたんでね、聞くともなしにお話は耳に入ってきますよ」

道鬼は笑った。

「なら、聞いての通りだ。越中守さまは相当に腹を立てているようだ。あんた、用心しなさいよ。田沼さまの御屋敷の中なら安全だろうがね、市中を歩く際にはご用心だ」

宗次郎は言った。

「精々用心しますよ。でも、白河の殿さま、随分とご入用なんですね」

「屋敷の修繕とか申されたがな」

「ひょっとして、田沼の殿さまに贈答用の金子ということですかね」

「道鬼先生の推量通りだとすると、松平越中守というお方、意外と俗事に通じていらっしゃるかもな」

宗次郎は指で顎《あご》を掻《か》いた。

「そうかな。白河の殿さまは、そんなに俗事に通じていらっしゃるとは思えませんや」

賛同できない、と道鬼は否定した。

「しかし、近習の水野左内は中々のものだ。粘り腰があるよ。大名の家臣なんてものは、体面ばかりを気にする、与《くみ》しやすい連中ばかりだが、あのご仁は違う。油断ならないねえ」

宗次郎は小さく息を吐いた。

三

水野左内の働きにより、白河藩に公儀貸付金七百両が下賜された。水野左内は神田橋の田沼藩邸に五百両を持参した。応対に出たのは用人三浦庄司である。

藩邸玄関脇《わき》にある控えの間で庄司は左内を応接した。左内は紫の袱紗《ふくさ》に包んだ五百両を差し出し、

「わが殿の溜間詰、いつになりましょうな」

ずばりと問いかけた。

「そうですな、来年の春には」

庄司はさらりと言ってのけた。

それから言葉足らずと思ったのか、

「証文の類いは出せませぬが、わが殿は、約束は必ず守ります」

と、言い添えた。

「むろん、田沼さまを信じます」

左内は応じた。

「ところで、越中守さまが溜間詰をご希望とは、公儀の政にご興味がおありなのですかな」

何気なさそうに庄司は問いかけた。

「むろん、御政道に異を唱えるおつもりはござりませぬ。むしろ、田沼さまの御政道のお力になれれば、と存じます」

慇懃に左内は答えた。

「白河侯は商いを忌み嫌われておられるとか。わが殿とは考え方が違いますな」

庄司に指摘され、

「わが殿は田沼さまの御政道を学ばれましてござります」

「それで商いにも理解を示しておられると」

「いかにも。それで、わたしも殿のお役に立ちたいと存じます」

頭を下げ、左内は辞去した。


師走《しわす》に入って、三浦庄司は勘定奉行松本秀持から公儀貸付金の肥大ぶりを嘆かれた。

「大名たちの台所はどこも苦しい。かと申して、公儀貸付金にも限りはある」

秀持は続けた。

「大名方も殖産に努めなければなりませぬな」

庄司は言った。

「さて、田沼さまは殖産を奨励しておられるが、それに応じる大名方は限られておる」

「ところで、蝦夷地の探索はいかがですか」

遥《はる》か北方の大地に思いを巡らすかのように庄司は虚空《こくう》を見上げた。

「蝦夷地に詳しい者によると、今のところ鉱脈は見つかっていないそうじゃ。松前藩はオロシャと抜け荷をやっているようだが、大した利はないとも申しておった。それより、何といっても松前藩はアイヌとの交易で儲けておる。鰊《にしん》、鮭《さけ》、昆布《こんぶ》に俵物、それらの品々は松前藩が独占をしておる。もっとも、アイヌとの取引は松前藩の藩士が直《じか》に行うわけではなく、御用商人である飛騨屋《ひだや》という店が代行しておる」

米が収穫できない松前藩は、禄《ろく》に代わって藩士たちにアイヌとの交易の縄張りを与えている。蝦夷地内に設定された「場所」と呼ばれる縄張りで藩士はアイヌと交易を行う。アイヌがもたらす海産物と、各地の米や酒、銭金を交換するのだ。

江戸幕府開闢《かいびゃく》当初は藩士たちがアイヌとの交易を行っていたが、やがて商人が介在するようになる。面倒な交易実務は商人がやるようになり、現在は飛騨国で材木商を営んでいた飛騨屋が担っている。

飛騨屋以外の本州商人も蝦夷地を訪れてはいるが、アイヌとの交易は禁じられている。つまり、彼らは松前城下で松前藩を通じてしか品々を手に入れることができないのだ。

「これはな、東照大権現《だいごんげん》さまが松前藩に出された黒印状にしかと記載されておる」

秀持が語るように、慶長九年（１６０４）、徳川家康は松前慶広《よしひろ》にアイヌとの交易の独占を許す安堵《あんど》状を発給した。家康に謁見《えっけん》する前、慶広は蠣崎《かきざき》という名乗りから松前に改めていた。

「神君家康公のお墨付きがある限り、松前藩はアイヌとの交易を独占できる。公儀といえども、松前藩の頭越しでアイヌと交易をする訳にはいかないのだ」

秀持は困った、と呟《つぶや》いた。

「しかし、大権現さまはオロシャとの交易は禁じておられませぬな」

庄司はにんまりとした。

「それはそうだ。大権現さまの御世にオロシャの船は蝦夷地にも日本にも来航していなかったからな」

「ならば、オロシャとの交易を進めますか」

庄司は目を凝らした。

「鉱脈が見つからぬとあってはオロシャとの交易は難しい」

秀持は懐疑的だ。

「何も蝦夷地で産出される金や銀、銅でオロシャと交易をすることはないでしょう」

庄司は言った。

「しかし、本州からでも金、銀、銅を交易に使う訳にはまいらぬ。まずは、オロシャの船が何を積んでくるかだな。それによって、公儀が用意する品も考える」

「承知しました……」

庄司は答えてから、

「いかがでござろう。そもそも、オロシャとの交易に利はあるとお考えですか。いえ、その、蝦夷地が奪われないように交易を通じて友好関係を築く以外で、果たして利はあるのでしょうか」

と、秀持の目を見た。

「国後のアイヌを調査した者の報告によると、オロシャの船が運んで来るのは、毛皮だそうじゃ」

「毛皮ですか」

庄司はため息を吐いた。

秀持もうなずき、

「アイヌ相手だから毛皮なのかもしれぬが、公儀との交易の品も毛皮なら……」

「大して利はありませぬな。毛皮以外の特産品があればよいのですが」

部屋の隅に置かれた地球儀を持って来て、庄司はロシアを見た。秀持も広大なロシ

アの領国に視線を落とし、

「極寒の土地が多いとは言え、オロシャはこんなにも広大、きっと何か特産品があるだろう」

楽観的な見解を示した。

「捕らぬ狸《たぬき》の皮算用にならなければよいのですがな」

水を差すような言葉を発し、庄司はすみませぬ、と詫《わ》びた。

「いや、三浦殿の申される通りじゃ。交易をするなら、不確かなオロシャよりも確かなアイヌだな。だが、アイヌとの交易は神君家康公の黒印状がある限り、松前藩の頭越し、あるいは競合しては出来ぬ。松前藩から買い取るか……それでは、当然ながら利は薄くなる。大して幕府財政を潤わすことはできぬだろうな」

「では、蝦夷地の探索は徒労ですか」

庄司は首をすくめた。

「いや、そう結論付けるのは早い。思わぬ成果を挙げるかもしれぬ。何しろ、あの平賀源内も調査隊に加わったのだからな」

秀持は笑った。

「しかし、山本道鬼の名、調査隊の名簿には載せてありませぬな」

庄司は首を傾げた。

「調査隊の従者に紛れてもらったのだ。なるべく目立たないようにしないとな。なにせ源内は死んだということになっておるからな」

事もなげに秀持は答えた。

「そうですな。始める前から心配していてもしょうがありませんな」

「ともかく、公儀の財政を潤わせないと」

己に言い聞かせるように秀持は言った。

意次は庄司から蝦夷地探索の途中報告を受けた。

「オロシャとの交易の目途は立たず、か。鉱脈も見つからぬでは……」

意次は腕を組んだ。

それから、

「アイヌとの交易はいかに」

と、問いかけた。

これはうっかりしておりました、と庄司は頭を下げてから、松前藩のアイヌとの交易独占を徳川家康が保証している、と言い添えた。

「東照大権現さまの黒印状か。なるほどな、松前藩はそれをいいことに、蝦夷地の富を独り占めにしておるのだな」

「あとは、道鬼先生が何か思いもよらぬ物を持ち帰ってくれるか、ですな」

庄司は言った。

その時、近習が水野左内の来訪を告げ、庄司への面談を願っている、と告げた。

「会ってやれ」

意次に言われ、庄司は腰を上げた。

夜分、畏《おそ》れ入ります、と左内は丁寧に挨拶をした。

「御用向きは」

冷めた口調で庄司は問いかける。

「わが殿の溜間詰の一件でござる」

左内は言った。

「そのことでしたら、何度も申しておりますように、来春には実現できそうにございます」

淡々と庄司は答える。

しつこい奴だ、という態度をあからさまに示した。

「くれぐれもよしなに」

左内は頭を下げた。

「では、これにて」

早々に話を切り上げようとしたが、

「つかぬことを耳にしました」

引き取めるように左内は言った。

浮かした腰を庄司は落ち着けた。

「何ですかな」

「評判の黄表紙、『傀儡師南無八幡大菩薩』の作者が平賀源内ではないか、と」

左内は庄司を見据えた。

一瞬、言葉を詰まらせたが、

「まさか……源内は獄死しましたぞ。かれこれ、もう五年経《た》ちますな。それが幽霊になって戯作《げさく》を書いておるのですかな」

と、冷笑を放った。

「そうですな。幽霊が戯作を書けるはずがない……いや、平賀源内なら幽霊になっても書くかもしれませんな」

左内は馬鹿丁寧にお辞儀をし、去っていった。

第四章　不毛の豊穣《ほうじょう》

一

天明六年（1786）の小正月、神田橋の田沼邸に勘定奉行松本秀持と勘定組頭土山宗次郎が蝦夷地《えぞち》調査の報告にやって来た。

二人とも裃《かみしも》姿で威儀を正している。意次も蝦夷地調査の重要性を思い、自邸であっても略装ではなく裃を身に着け、奥書院で応対した。

松の内が過ぎ正月気分は抜けているが、床の間に置かれた福寿草の鉢植えが目に鮮やかだ。田沼好みの簡素な座敷に福寿草の黄色い花が彩り《いろど》を添えている。

陳情客が詰めかけている大広間から離れているとあって静かだが、それだけに緊張の糸が張り詰めている。

静寂を破るように秀持が空咳《からぜき》をしてから切り出した。

「蝦夷地につきまして調査報告させていただき、今後の方針につきまして、田沼さまのご指示を仰ぎたいと存じます」

意次がうなずくと秀持は宗次郎を促す。宗次郎が作成した報告書は、秀持を通じて意次には提出済である。

宗次郎が調査結果について語り出した。

「まず、鉱山でございますが、調査の結果、これといった金山、銀山、銅山は見つかりませんでした。従いまして、残念ながら鉱山開発の見込みは立ちませぬ」

ここで話を止め、宗次郎は意次を見る。意次は目で話の続きを促した。

「次にオロシャとの交易でございます。松前藩はオロシャとの抜け荷を否定しております。むろん、公儀の調査隊に対し、抜け荷をしております、などとは証言するはずはございませぬが。仮に抜け荷を行っておるとしましても、得られる利は多くはないと思われます。何故《なぜ》なら、オロシャの船が運んで来る品は毛皮と酒であり、それらの品は日の本の民には馴染《なじ》みがなく少数の好事家《こうずか》にしか売れないからです。オロシャではなく、従来のアイヌとの交易で松前藩の台所は潤《うるお》っております。アイヌとの交易で得られる利はおよそ七万石にも上ります」

一息に宗次郎は語った。

意次が異論や疑問を差し挟まないのを確かめ、宗次郎は報告を続けた。

「オロシャとの交易、公儀なら松前藩よりも大規模に行うことができましょうが、それでも毛皮や酒では大した利は得られそうにありませぬ」

ロシアは寒冷な土地が多く、毛皮の需要が高い、と宗次郎は繰り返した。そもそも、ロシアの船が千島列島に出没するようになったのは海獺《らっこ》の捕獲が目的であった。国後《くなしり》島や得撫《うるっぷ》島の近海に生息する海獺を捕獲する内にアイヌと交易が始まり、蝦夷地に目を向けるようになったらしい。

「オロシャとはともかく、アイヌとの交易を行うか……オロシャとの交易となると、幕閣でも二の足を踏む者が出てまいろうが、アイヌ相手ならば躊躇《ためら》いはなかろう」

意次は言った。

秀持と宗次郎は顔を見合わせた。二人ともアイヌとの交易に危うさを抱いているようだ。

「アイヌとの交易は松前藩が独占するもの……それは神君家康公のお墨付きで保証されている、と危惧《きぐ》しておるのであろう。どのような理屈をつけようが、田沼主殿《とのも》ごときが家康公のお定めを覆《くつがえ》すなんぞできはしないし、もっての外、と考えておるのじゃな」

冷静に意次は二人に告げた。

秀持が、

「田沼さま云々《うんぬん》ではございませぬ。公儀にとりましても、日の本におきましても家康公のお定めは絶対でございます。たとえ、上さまでも背くことは難しゅうございます。もちろん、家康公の頃とは世が変わっておりますので、世に適《かな》った御政道を行うのはよろしいかと存じますが」

と、諫《いさ》めるように考えを述べ立てた。

何事も前例に従う、と幕府の政道を揶揄《やゆ》した平賀源内こと山本道鬼の言葉が思い出され、意次は内心で失笑を漏らした。しかし、秀持を責めることはできない。幕府の政策立案、遂行を担《にな》うのは勘定所であり、天領からの年貢《ねんぐ》徴収、治安を守る中枢《ちゅうすう》組織でもある。

その責任者たる勘定奉行が目先の利に惑わされ安易に事を進めてはならないのは当然だ。秀持の慎重さは勘定奉行になくてはならない資質である。

秀持を援護するように宗次郎は言い立てる。

「世の移り変わりに合わせて行った政策に貨幣改鋳がございます。公儀の台所を立て直す為《ため》に実施されました……あ、すみませぬ。釈迦《しゃか》に説法でございました」

話の途中で宗次郎はぺこぺこと頭を下げた。

貨幣改鋳とは、市中に出回っている金貨、銀貨を回収し、鋳潰《いつぶ》してから金や銀の含有量を減らして発行し直すことをいう。当然の結果として金貨と銀貨は増量される。幕府は増量分の利を得られるのだ。

これを出目《でめ》という。

江戸幕府で貨幣改鋳を最初に行ったのは五代将軍徳川綱吉の頃で、発案して実行したのは勘定吟味役であった荻原重秀《おぎわらしげひで》である。重秀はこの功により勘定奉行に昇進した。しかし、将軍が綱吉から家宣《いえのぶ》に代替わりすると、侍講であった新井白石の建言で金貨、銀貨は改鋳前の含有量に戻された。白石は質の悪い貨幣を批難し、神君家康公がお定めになった含有量に戻すべし、と主張したのだ。

白石の建言の背景には天変地異があった。元禄十六年（１７０３）に関東一帯を襲った元禄地震、四年後の宝永四年（１７０７）に起きた宝永地震は関東から九州までの広い地域に大災害をもたらした。二つの巨大地震で数万人の死者と数えきれない家屋、神社仏閣が倒壊したのだ。

おまけに富士山が大噴火した。

幕府始まって以来、いや、日本の歴史上でも稀《まれ》に見る連続した巨大災害の原因を、人々は徳川綱吉の悪政だと見なした。そしてその悪政の象徴とされたのが貨幣改鋳であった。庶民ばかりか幕臣の中にさえ、綱吉が悪い通貨を作ったせいで大地震が起き、富士のお山がお怒りになったのだ、と大真面目《おおまじめ》に批判する者もいた。

貨幣改鋳に対する怨嗟《えんさ》の声に応《こた》えるように白石は貨幣改鋳を行った荻原重秀を糾弾した。勘定奉行から荻原を罷免《ひめん》しなければ、荻原と刺し違えると将軍家宣に迫った。そして荻原は罷免され、金と銀の含有量は貨幣改鋳前に戻された。

秀持は続けた。

「新井白石は家康公が決めた金、銀の含有量に拘《こだわ》りました。家康公のお定めは絶対だということを楯《たて》に取って、自分の考えを幕閣や将軍家に受け入れさせたのです。しかし……」

ここまで語ったところで意次は秀持の話を遮り、

「しかし、市中に出回る金貨、銀貨の量は減り、おまけに倹約優先の政策を行った為、景気は悪くなった。その後、家康公の定めた金銀の含有量は必ずしも守られなくなり、貨幣改鋳は行われてきた。よって、世の移り変わりにより、家康公のお定めは検討を加え、時には背いても公儀の為、万民の為になるのならば、その政策を実施するのが時の為政者たる者の務めじゃ」

微塵《みじん》の躊躇いもなく持論を述べ立てた。

それでも宗次郎は不安そうな顔のままだ。

「何じゃ、腹蔵なく申せ。ここはわしの屋敷、御城ではないぞ」

意次が語りかけると宗次郎は、

「田沼さまがおっしゃることに拙者も賛同しますし、田沼さまのお覚悟に心から感服致します。ですが、必要とあらば家康公のお定めに背かざるを得ないのは、あくまで公儀の政策においてでございます。蝦夷地におけるアイヌとの交易は、家康公直筆の黒印状として松前藩に発給されたのです。重みが違います。公儀が大名に発給した家康公のお墨付きを破れば、公儀と大名の信頼関係が大きく揺らぎます」

声を励まして訴えかけた。

宗次郎を包み込むように意次は笑みを浮かべた。

「よくぞ申してくれた。じゃがな、心配には及ばぬ。そなた、松前藩に発給した家康公の黒印状の内容を存じておるか」

いいえ、と宗次郎は首を左右に振った。秀持も、「存じませぬ」と言った。

「家康公は松前藩にアイヌ交易の独占を認めると共に、アイヌに対する不当な扱いを固く禁じる一文を添えておられる。民を労《いた》わる家康公らしきお言葉じゃ」

笑みを深め意次は言い添えた。

秀持と宗次郎は恐縮の体《てい》となったが、意次の意図がわからず口を閉ざした。

「道鬼」

意次は襖《ふすま》に声をかけた。

襖が開き、山本道鬼こと平賀源内が入って来た。小袖《こそで》を着流し、アイヌ文様が刺繍《ししゅう》された紺地の羽織を重ねている。坊主《ぼうず》頭に隻眼《せきがん》、右頰に縦に走った刀傷と相まってまるで異人のようだ。

道鬼は調査隊の従者という名目で蝦夷地に渡った。そして松前に着くと、調査隊とは別に蝦夷地内を見聞し、アイヌと交流を重ねたのである。

天明五年（1785）の五月、山本道鬼は船で東蝦夷、厚岸《あっけし》の湊《みなと》にやって来た。

「こりゃ、からっとした日本晴れだ」

道鬼は大きく伸びをした。

江戸は梅雨の時節だが、蝦夷に梅雨はないそうだ。それを裏付けるかのような晴天である。

抜けるような青空、白い波を立て無限に広がる大海原、頭上をかすめる海鳥の鳴き声は、雪に埋もれる不毛の地とは別世界だ。もっとも、短い夏が過ぎたら日に日に寒さが厳しくなり、極寒の冬が訪れる。とても、今日のように景色を楽しめないだろう。

道鬼は網代笠《あじろがさ》を被《かぶ》り、墨染の衣を身に着け、首から頭陀袋《ずだぶくろ》を提げている。頭陀袋の中には経典や仏具の他、銭金が入れてあった。通常の頭陀袋には三途《さんず》の川の渡し賃、六文銭か六文銭を描いた絵を納めているが、道鬼の頭陀袋には、小判や丁銀、南鐐《なんりょう》二朱銀がびっしり詰まっている。

調査費用として田沼意次が自由に使え、と与えてくれたのだ。

蝦夷地に何年も腰を据える調査ならば、現地に溶け込み、大勢の人々との交流を深めるなどして、様々な情報が得られるだろう。しかし、短期間で広大な蝦夷地を調べるとなると、ものを言うのは銭金だ。

市井《しせい》の機微に通じている意次は、金貨、銀貨合わせて五百両ほど持たせてくれた。ずしりとした頭陀袋の重みが意次の期待に感じられ、豪放磊落《ごうほうらいらく》で奔放な道鬼も責任感を抱かずにはいられない。

幕府の調査隊の従者として道鬼は松前までやって来ている。調査隊は蝦夷地の東側を進み、厚岸から国後島に向かう一隊と、宗谷《そうや》を目指して西側を進み、樺太《からふと》に渡る一隊に別れた。

道鬼は調査隊から離れ、時宗の遊行僧《ゆぎょうそう》に扮《ふん》して独自に動いている。

松前は大変な賑《にぎ》わいであった。

湊には無数の荷船が来航し、本州から米や煙草《たばこ》、酒などが荷下ろしされ、松前からは、俵物などの海産物やアイヌ文様が施された着物や獣皮などの衣類が積み込まれていた。

海産物も衣類もアイヌがもたらしているのだが、一人としてアイヌはいなかった。

松前藩は松前を和人の地とし、アイヌが出入りするのを禁じているのだ。

米の収穫ができない松前藩はアイヌから手に入れた物産を本州からやって来る商人に売って財政を賄《まかな》っている。蝦夷地を、「場所」と呼ぶ地域に区切り、家臣に管理させた。天明の頃には、七十八か所の場所があった。

分配を受けた家臣は毎年夏に任された場所の湊までアイヌが求める米や煙草を船に積載して運び、アイヌの海産物や衣類と交換し、松前に持ち帰って本州からやって来る商人に売った。

本州の商人は松前藩の頭越しにアイヌとは交易できない。松前藩は蝦夷地交易の独占を徳川家康の黒印状で保証されているのだ。

道鬼は船から桟橋に下りた。

船中で松前藩の太田《おおた》伝蔵《でんぞう》という家臣と知り合った。

「太田氏、あそこで一休みしようじゃないか。拙僧、船旅には不慣れでな、酔いを醒《さ》ましたい」

道鬼は目についた茶店に向かった。

躊躇いもなく太田はついて来た。

縁台に横並びに座し、日本酒を振舞ってやると、

「こりゃ、すみませんな、したっけ、ありがてえ」

満面の笑みで太田は猪口《ちょこ》代わりの湯呑《ゆのみ》に注いだ酒を飲んだ。蝦夷地では日本酒は貴重である。

「お坊さん、本州の何処《どこ》から来なすった」

人の好《よ》さそうな顔で太田は問うてきた。

「相模《さがみ》の藤沢宿にある清浄光寺、通称遊行寺からだよ。遊行僧だからな、一つ所に留まらず、全国を旅して、いや、念仏唱えて遊んでいるんだ」

「踊り念仏か……そりゃいい。時宗は酒を飲んでもいいのか」

「時宗の教えに拘《かか》わらず、拙僧は酒を飲み、獣の肉を食らい、女を抱く、ま、とんだなまぐさ坊主だな」

道鬼は快活に笑った。隻眼の強面《こわもて》が際立《きわだ》ち、太田は一瞬、畏《おそ》れ入るように目を伏せた。

「飛驒屋《ひだや》の持ち船だそうだが、飛驒屋は本州の商人であろう」

本州の商人は松前藩を通さずにアイヌと交易できないはずだが、と言外に疑問を込めた。

「飛驒屋は当家のお抱えなんだぁ」

事もなげに太田は答えた。

「お抱え……松前家の許しを得ているのか」

「そうなんだぁ」

酔いで舌が滑らかになった太田によると、飛驒屋の先祖は戦国の雄、武田氏の家臣だった。織田、徳川の軍勢に武田氏が滅ぼされると、飛驒国下呂《げろ》郷《ごう》湯之島村に逃れ、庄屋《しょうや》として土着し、武川《たけかわ》姓を名乗った。

武川家の四代当主倍行《ますゆき》は奥羽《おうう》と蝦夷地で木材の伐採搬出事業に乗り出した。元禄十三年（１７００）には木材商飛驒屋を創業し、秋田藩、南部藩、津軽藩の領内で伐採搬出事業に成功、二年後には蝦夷地に進出、松前に店を構えた。

蝦夷地でも木材の伐採搬出事業を行ったが、次第に海産物も扱うようになる。飛驒屋の当主は代々久兵衛を名乗り、現在は三代目だ。三代目久兵衛は近江《おうみ》商人と商いを争い、東蝦夷地では彼らを凌駕《りょうが》している。

飛騨屋は安永二年（1773）に松前藩から、絵鞆《えとも》、厚岸、霧多布《きりたっぷ》、国後での商いを独占する権利を得た。もちろん、松前藩には莫大な金を納めている。

「飛騨屋というのはやり手なんだな。初代久兵衛が蝦夷地にやって来て八十年余りなのに、まるで遥《はる》か昔から根付いているようだ」

感心しながら道鬼は言った。

次いで、

「松前藩のご家来衆はアイヌと交易しているんだろう。場所って呼ばれる縄張りの管理を任されている、と聞いたよ。東蝦夷地は飛騨屋にやらせているにしても、他の場所はどうなんだ」

と、太田に問いかけた。

「それが……」

言い辛《づら》そうに太田は口ごもったが、道鬼が酒を勧めると、語り出した。

場所を管理する藩士たちは、何時《いつ》の頃からか本州の商人、特に近江商人にアイヌとの取引の実務を任せるようになった。松前藩は近江商人たちに運上金を納めさせ、利益を確保しているのが実状だ。

「わしの上役は厚岸の管理を任されているんだぁ。明日の夜、飛騨屋の主人久兵衛が厚岸の者を集めて宴《うたげ》を催す。あいにく上役は病で来られないが、わしは朋輩《ほうばい》たちと宴に呼ばれているんだぁ」

お坊さんも宴に出たらええ、誰もが参加できる、と太田は言い添えた。

厚岸における飛驒屋の威勢は凄《すご》いものだ。厚岸に限らず、絵鞆や霧多布、国後でも同様だろう。

太田の勧めで鰊《にしん》の塩焼きを頼んだ。すると、潮風に混じり、何かを煮る強い香が漂ってくる。鼻をひくひくさせた道鬼に、

「あれは、鰊を煮ているんだぁ」

太田が言った。

縁台から腰を上げ、沿道に出る。

大きな釜《かま》が据えられ、樽《たる》に詰められて運ばれた鰊を男たちが手摑《てづか》みで投げ入れている。大釜に敷かれた薪《まき》が燃え盛り、薪をくべる者、鰊を入れる者、それぞれに忙しそうだ。

太田が道鬼の横に立ち、

「鰊を煮て油を採り、粕《かす》を肥料にするんだぁ」

と、説明を加えた。

「肥料は本州で売れるのか」

道鬼は大釜を見たまま問いかけた。

「上方じゃあ、肥料が不足しているそうだ。大坂の商人は大喜びで持って帰るよ」

何がおかしいのか、太田は声を上げて笑った。

縁台に戻り、鰊の塩焼きに箸《はし》を付けた。銀色に輝き、所々焦《こ》げた鰊はいかにも脂《あぶら》が乗り、食欲をそそる。

道鬼は箸で身を解《ほぐ》し、口の中に入れた。

「細かい骨が一杯あるから、咽喉《のど》に詰まらせんようにな」

太田に注意されたが、時既に遅く、咽喉に骨が引っかかった。酒を飲んだが取れない。道鬼は握り飯を頼み、米粒を口に入れ、骨と一緒に飲み込んだ。

太田の案内で宿に向かった。

宿も飛騨屋が営んでいるそうだ。

往来を総髪、渦巻き文様が施された着物姿の男たちが行き交っている。アイヌだ。彼らは、飛騨屋の奉公人と思《おぼ》しき男たちから怒声、罵声《ばせい》を浴びせられ、荷車を押していた。荷車には鮭や鰊が詰められた樽、蝦夷檜《ひのき》などの材木が積まれている。

一人のアイヌが転び、荷車が止まった。すかさず奉公人たちが往来に倒れ伏すアイヌに、暴言を吐き、足蹴《あしげ》にした。

苦しみに耐え、口答えをすることなく、アイヌは腰を上げ、よろめきながらも荷車を押す。

「ひでえ扱いだな」

道鬼が飛驒屋の横暴を批難すると、

「お坊さんから見たらそうかもな」

冗談ではなく、太田は本気で言ったようだ。厚岸、いや、蝦夷地でのアイヌに対する扱いは飛驒屋のやり方が普通で日常風景なのだろう。

「飯盛《めしも》り女もいるんだぁ」

下卑た笑いを太田は浮かべた。飯盛り女とは、岡場所や宿場の料理屋に奉公する女中で、食事の給仕を名目に春をひさぐ。

「蝦夷の女子《おなご》か」

道鬼も笑みを浮かべ問い返すと、

「本州から渡って来てるんだぁ。特にここ数年の飢饉《ききん》で、奥羽から娘が売られて来るよ。可哀そうにな」

同情を寄せてから、

「ほんで、お坊さん、どんな女子が好みだね。わしが口を利くよ」

舌の根も乾かない内に女を勧める。

「あいにくだがな、拙僧は女には興味がないのだ」

道鬼は右手をひらひら振った。

「そうか……お坊さん、衆道か……でもさっき、女を抱くと言ったぞ……ま、ええ。では、ここで」

太田は立ち去ろうとした。

「どうだ、この宿に泊まらんかね。色々と話が聞きたい。飯、奢《おご》るよ」

道鬼は太田の袖を引っ張って宿に入った。上がり框《かまち》に腰を下ろすと、桶《おけ》に入ったすすぎ湯が用意された。

「こちらのお侍に飛び切りの女を世話してやっておくれな。それと、料理と上等の酒もな」

道鬼が番頭に頼むと、

「お坊さん、それは、いけない。なんも、それは、いけません」

戸惑いながら太田は断りを入れた。

道鬼は立ち上がって頭陀袋から小判を鷲掴《わしづか》みにすると、太田の懐中にねじ込んだ。

「では、朝までとっぷりと楽しみなさいな。朝餉《あさげ》は一緒に食べよう」

道鬼はくるりと背中を向け、階段に向かって歩き出した。

「お坊さん、ありがとう」

太田は道鬼の背中に両手を合わせている。


明くる朝、一階の座敷で道鬼は太田と朝餉を囲んだ。

豆腐の味噌汁《みそしる》はいりこ出汁《だし》が利《き》いて美味《うま》い。松前漬けに帆立の煮物が添えてあった。

「昨夜は激戦だったようだな」

道鬼は、あくびを連発する太田をからかうように語りかける。お蔭《かげ》さまで、と太田は何度も礼を言った。


道鬼は飛驒屋にやって来た。

真新しい屋根瓦《がわら》が朝日を弾《はじ》き、檜《ひのき》造り、漆喰の壁に虫窓、間口二十間《けん》の堂々たる店構えで、厚岸では並外れた建屋だ。

太田が話したように、今夜、松前から主人の久兵衛がやって来て、厚岸の者たちに酒や料理を振舞うそうだ。


その夜、飛驒屋の店裏の庭で宴が張られた。

篝火《かがりび》が焚《た》かれ、あちらこちらに毛氈《もうせん》が敷かれ、贅《ぜい》を尽くした料理が詰められた重箱が並べられている。酒は上方から取り寄せた清酒の樽詰だった。

黒板塀に沿って植えられたハマナスが赤い花を咲かせていた。

奉公人や厚岸の住人たちが飲み食いを楽しんでいるがアイヌの姿はない。道鬼は太田がいる毛氈に加わった。太田は松前藩の朋輩たちと顔を赤らめていた。

まもなく久兵衛がやって来るそうだ。

「こちら、気前がよくてな、そりゃ、ありがたい念仏踊りのお坊さんだぁ」

太田が朋輩に道鬼を紹介した。道鬼は挨拶《あいさつ》を返してから、

「今一つ、盛り上がりに欠けますな」

庭を見回す。

「そうですかな」

太田が首を傾《かし》げると、

「よし」

と、道鬼は立ち上がり、頭陀袋から鉦《かね》を取り出すと、

「南無阿弥陀仏！」

と、大音声《だいおんじょう》を発し、箸で打ち鳴らした。次いで、

「なんまいだあ〜なんまいだあ〜、みんな、踊ろうや、踊ろ、なんまいだあ〜」

大きく手足を動かし、踊り始めた。

太田も、

「踊り念仏だぁ」

朋輩を誘って念仏を唱え踊り始めた。朋輩もほろ酔い気分で踊り出す。

すると、あちらこちらで念仏踊りが繰り広げられた。太鼓や鉦が盛大に鳴らされ、宴は念仏踊りの場となった。

そっと道鬼は庭を抜け、母屋《おもや》に向かった。母屋の裏手に離れ座敷がある。障子が開け放たれ、中が見えた。燭台《しょくだい》が並んでいて、百目蠟燭《ろうそく》の明かりに照らされている。

西陣織の着物に黒綸子《りんず》の羽織を重ねた中年男がいる。飛驒屋の主久兵衛に違いない。

久兵衛と向き合って大柄な男が座っていた。総髪に濃い髭《ひげ》、アイヌであるが往来で見かけたアイヌと違い、見るからに上等な着物に身を包んでいる。

アイヌ文様の着物の上に見慣れない真っ赤な羽織を重ねていた。羽織は毛皮で、後に知ったがコートと呼ぶロシア渡来の品だそうだ。身形《みなり》からしてアイヌの首長の一人であろう。

二人の間には絵や地図が置かれていた。

道鬼は近くの植え込みに身を潜めた。

「オロシャとの交易、見通しがついたかね」

久兵衛の問いかけに、

「何でも手に入る。毛皮、酒、魚……鉄砲もな」

首長は答えた。

「鉄砲みたいな物騒な代物《しろもの》は要らないよ。オロシャの酒は強い、日の本の者には好まれるだろうか……ま、呑兵衛《のんべえ》にはもってこいだろうが。それと、毛皮は物好きじゃないとな、欲しがらないな」

久兵衛の反応が良くないのを感じ取り、

「飛驒屋さん、公儀が怖いか」

首長は言った。

「御老中の田沼さまが蝦夷地に調査隊を送り込んだ。公儀の目が蝦夷地に向けられているんだ。しばらく様子見だ。なに、心配するな。オロシャとの交易はわたしの悲願なんだ。できれば、皇帝がいらっしゃるサンクトペテルブルクを訪れたいものさ」

久兵衛は目の前の絵を取ってしげしげと眺めた。次いで、「賑やかだね」と念仏踊りに耳を傾け、

「さあ、宴に行こう」

と、首長を誘った。首長はアイヌだからと遠慮したが、

「わたしと一緒なんだ、誰も文句は言わないさ」

久兵衛は首長を伴い、離れ座敷から庭に向かった。二人がいなくなってから、道鬼は座敷に上がった。

畳に並べられた絵や地図を手に取る。地図には、ロシアや千島列島が詳細に記されている。絵は女性を描いた西洋画だ。長い髪のふくよかな顔立ち、頭には冠を被っていた。

画賛は久兵衛が記したのだろう。日本の文字である。

「オロシャ皇帝エカテリーナ二世……へ～え、オロシャは女帝か」

呟いてから、日本にも女性天皇がいたな、と道鬼は思った。

すると、

「盗人《ぬすっと》か！」

甲走った声が聞こえ、数人の奉公人がばたばたとやって来た。

すかさず、道鬼は離れ座敷を飛び出すと庭に走り込む。背後で盗人だ、捕まえろ、という彼らの怒声が飛ぶ。

「飛驒屋さんのお恵みだ！」

叫び立てると、道鬼は頭陀袋の小判や丁銀を手摑みにして、夜空に放り投げる。大勢の男女が歓声を上げ、金貨銀貨に群がった。

道鬼は混乱に乗じて飛驒屋を逃げ出した。


道鬼はその後、東蝦夷のあちらこちらを歩き、鉱山や鉱脈はありそうにない、と知った。かつては砂金が出たそうだが、金、銀、銅は期待しない方がいい、と結論付けた。

飛驒屋久兵衛はロシアとの交易を狙《ねら》っているようだが、今のところ小手調べのようだ。松前藩は交易を飛驒屋に任せており、従ってロシア交易も飛驒屋次第だろう。

「道鬼、松前藩とアイヌの交易の実態を話してやれ」

意次に言われ、

「そりゃ、ひでえもんでしたよ。松前藩の連中、アイヌを人と思っていない」

道鬼はアイヌがいかに虐《しいた》げられ、不当な交易を強いられているか、と憤《いきどお》った。

詳しくはこれを読んでください、と道鬼は報告書を差し出した。

当初はアイヌが用意する干鮭《ほしざけ》五束（百匹）に対し松前藩は米二斗という交換を行っていたのが、時代を経るにつれ、アイヌは不利になっていった。現在では干鮭五束に米八升、つまり、半分以下の条件を強いられているそうだ。

「直接の交易は松前藩の御用商人飛驒屋が行っているが、飛驒屋のアイヌへの横暴な振る舞いに見て見ぬふりどころか、松前藩の連中も加担しているんだ」

怒りが収まらないようで道鬼は見える左目をむいた。魁偉《かいい》な容貌《ようぼう》が際立ち、秀持と宗次郎は思わず目をそむけた。

道鬼の話を受け、
意次は秀持と宗次郎に問いかけた。

「いかに思う」

「目に余る所業ですが、公儀としましては、大名領内の訴訟沙汰《ざた》、問題、事件には口出しをしないのが法度《はっと》でありますぞ」

秀持が原理原則を言い立てたのに対し、宗次郎は異論を唱えた。

「いや、松前藩の所業に限っては口出しどころか、処分もできます。家康公の黒印状に背く行いをしておるのですから」

はたと気づき、秀持もうなずく。

「アイヌへの不当な仕打ちを正し、松前藩の独占権を剝奪《はくだつ》して、公儀とアイヌの交易を認めさせる。まずは、アイヌとの交易を試してみるぞ」

意次は結論付けた。

秀持と宗次郎は平伏し、ただちに交易船を用意し、交易の準備に入ると言った。

交易の件はひとまず結論が得られたところで、秀持が報告を再開した。

「今回の調査で最も大きな収獲は不毛の地と思われておりました蝦夷地で米作りが可能と判断できたことです。開墾が進めば百二十万町歩の新田が得られ、六百万石もの米が収穫できる、と見込んでおります」

印旛沼干拓で得られる新田は三千九百町歩と予想されている。三千九百町歩と百二十万町歩、桁違《けたちが》いどころではない、蝦夷地の広大さに意次は言葉を失った。

「こりゃ、景気がいいね」

道鬼は快哉《かいさい》を叫んだ。

「蝦夷地での米作りが成功しましたら、申すまでもなく、公儀にとりましては大いなる収獲でござります。台所のやり繰りの心配はなくなるかと存じます」

宗次郎も声を弾ませた。

意次は冷静さを取り戻し、

「むろん、それだけ大量の米が出回れば米の値はひどく下がるゆえ、旗本御家人の暮らしは苦しくなる。よって、出回る量の調整が必要じゃが、それは新田開発が成った暁に考えればよかろう。少なくとも、近年続いた飢饉への備えにはなる。飢え死にする者を出さなくなり、米価の暴騰《ぼうとう》を防ぐ意義は大きい」

淡々と評価した。

意次は秀持と宗次郎が賛同したのを確かめると話を続ける。

「うむ、でかした。して、新田開発に従事する者をいかに手当致す」

この問いかけには宗次郎が答えた。

「アイヌの中に米作りを希望する者がおるようです。アイヌから希望者を募り、加えて本州からも蝦夷地に送り込みます。アイヌが三万人、本州から七万人、合わせて十万人を新田開発に従事させます」

宗次郎の算段に、

「よかろう。ならば、蝦夷地新田開発に関わる部署を設けよう。よいな」

意次に認められ、秀持と宗次郎は力強く、「承知致しました」と答えた。

次いで、

「これで、蝦夷地の一件は幕閣を通しやすくなったな。オロシャとの交易となると、反対や躊躇《ちゅうちょ》する意見が聞かれよう。しかし、新田開発であれば、賛同を得られる」

意次は蝦夷地での新田開発を老中としての最後の御奉公、と位置付けた。

燃えるような闘志が湧《わ》いてくる。

秀持と宗次郎は意次の意気込みを目《ま》の当《あ》たりにし、ほっと安堵《あんど》すると共に尊敬の念を抱いた。

「田沼さま、いつまでも、お若いのは役目に邁進《まいしん》なさるからですな」

秀持は宗次郎を見た。

「くれぐれもご自愛ください」

宗次郎は意次の体調を気遣った。

「わしはな、仕事をしておらん時の方が具合が悪くなるのじゃ。隠居などしたら、途端に病に臥《ふ》せるかもしれんな」

冗談めかしているが意次の本音でもある。

「見習うべきじゃな」

秀持は宗次郎に語りかけた。

話を変えようとしてか、秀持は居住まいを正し、

「ところで、公儀貸付金ですが、そろそろ限界に達しております」

と、報告をした。

二

貸付を求める大名は後を絶たないが、無制限に貸し付けるなどできはしない。だが、貸付を断れば大名に幕府への恨みが生じる。他家には貸して当家には貸してくれない、という不満も持たれよう。

「土山、そなたはいかに思う」

意次は宗次郎に問いかけた。

「申すまでもなく、台所事情が悪い大名家は少なくありません。商人から借りるにしましても、既に借財を抱えている為、それ以上の借財はままならず、頼るは公儀という御家もあります」

従って、貸付を続けるべきだと宗次郎は意見を述べ立てた。

意次はうなずき、

「大名の台所事情はよくわかる。一方で公儀の台所も楽ではない。では、どうすればよいかを今日は考えたい」

と、秀持と宗次郎に告げた。

場の雰囲気を読み、

「では、やつがれはこれにて。どうも、銭勘定は苦手でね」

御免なすって、と道鬼は奥書院から出て行った。代わって用人の三浦庄司が協議に加わった。

秀持と宗次郎は表情を引き締めた。

「何か考えはないか」

意次は二人を見る。

「そうですな……」

秀持は思案をするように斜め上を見上げる。宗次郎は唇を嚙《か》み、うつむいた。意次は二人が知恵を振り絞るのを待っている。

重苦しい空気に耐えかねたように宗次郎が口を開いた。

「御用金を課しましょうか。京の都、大坂、江戸、三都の商人に対し御用金を求めましょう」

これを受け、意次は秀持を見た。秀持は意次の視線を受け止めながら、

「これまで、三都の商人にはたびたび御用金を課しております。またとなりますと、相当な反発があると想像できます。それでも構わず無理強いするのは……」

言葉尻《じり》が怪しくなったのは、秀持に御用金に代わる策がないからだろう。

「御用金は無理か」

意次は宗次郎に確かめた。

「金額次第ではないでしょうか」

あたり前ですが、と宗次郎は言い訳めいた言葉を添えた。

「今までの御用金に代わる策はあるのだがな」

意次は二人を見た。

きっと、意次ならば良い案があるのだろう、と秀持と宗次郎は思っているようで、意次の言葉に身構えている。

「これは、ここだけの話じゃ。他言無用じゃぞ」

意次は秀持と宗次郎に強く釘《くぎ》を刺した。

秀持と宗次郎の緊張はいやが上にも高まった。

次いで意次は庄司を促した。

では、と庄司は秀持と宗次郎に一礼し、

「町人、農民どもに一様に御用金を課しまする」

と、言った。

「なんと……」

秀持は目をしばたたいた。宗次郎は小さく息を吐いてから、

「三浦殿、無謀ですぞ。いくらなんでも、許される策ではない」

まるで庄司を弾劾《だんがい》するかのような強い口調で責め立てた。庄司は動ずることなく説明を加えた。

「むろん、大した額は出させませぬ。要するに薄く広く御用金を課すのです。農民には所有する田畑の面積に応じて、町人は所有する家の間口に応じて出金させます」

秀持と宗次郎は黙り込んだ。その顔には、庄司が語る意次の考えには賛同できない、と書いてある。

「黙っておってはわからぬ。腹蔵のない考えを申せ。ここは、本音をぶつけ合う場じゃぞ」

意次が問い質《ただ》した。

秀持が、

「領民ども、大いに反発を致しますぞ」

宗次郎も、

「絹一揆《いっき》を思い出してください。あの時は大騒動でした。十万を超える一揆勢が御老中首座松平因幡守《いなばのかみ》さまのご城下、高崎に押し寄せて、残念ながら公儀は農民どもに屈したのですぞ」

悔しそうに顔を歪《ゆが》ませた。

「むろん、覚えておる」

事もなげに意次が言った。

秀持が問い直した。

「畏れ入りますが、もし、三浦殿が申した策を行うとしまして、どれほどの金子が集まるとお考えですか」

「ざっと百万両ですな」

庄司が答えた。

「それは、いささか、楽観が過ぎると存じますが」

即座に宗次郎が庄司に反論した。庄司はちらりと意次に視線を向ける。

「そうかのう……わしは、それくらいは集まると算段するぞ。なにしろ、日本全国じゃからな」

さりげなく意次は言い添えた。

「に、日本全国……でございますか……公儀の直轄地《ちょっかつち》のみで行うのではないのですか」

声を上ずらせ、秀持は確かめた。宗次郎も頬を引き攣《つ》らせた。役者のような男前が台無しだ。顔付きばかりか所作も落ち着きをなくし、半身を乗り出して意次を問い質した。

「大名領にも御用金を課すのですか。大名の領民や町人にも御用金を課すのですか」

そうじゃ、と意次は明瞭《めいりょう》な声音で答えた。

「なりませぬ！」

秀持は強く口調で反対した。

宗次郎は落ち着きを取り戻し、

「畏れ多くも東照大権現《だいごんげん》さま以来、公儀が大名の領内から年貢、御用金、運上金の類《たぐ》いを取り立てたためしはありませぬ。オロシャとの交易以上に反対の声が上がるのは必定です。いかに、田沼さまが上さまのご信頼篤《あつ》くとも、これればかりは……三浦殿、言葉は悪いが、何処かの藩士あるいは商人から入れ知恵をされたのではござらぬか。御政道に疎《うと》い者の言葉に乗ってはなりませぬぞ」

意次に異論を唱えるばかりか発案者と見なした三浦庄司を責め立てた。秀持も怒りの籠《こも》った目で庄司を見る。天領からの年貢、運上金、冥加《みょうが》金の徴収、管理を行う勘定所の役目を揺るがしかねない建策をされては叶《かな》わぬ、と怒っている。

秀持も宗次郎もろくに幕府財政を知らぬ素人《しろうと》の浅知恵だと庄司に不快感を抱いたようだ。また、庄司の建策を受け入れた意次への不満も抱いただろうが、面と向かって意次を批判できないとあって、庄司へ怒りをぶつけているに違いない。

秀持は意次を諌めようと語り出した。

「五代綱吉公の御代、全国の大名から御用金を募りました。ですが、それは、全国規模で大地震が起き、その直後に富士が大噴火したからです。まさしく、公儀開闢《かいびゃく》以来、いえ、日の本始まって以来、最大規模の災難からの復興という大仕事の為のやむを得ざる措置であったのです。それゆえ、大名も異を唱えませんでした。加えて申すならば、田畑を持つ農民からは徴収しましたが、町人は対象外でした」

庄司の策について物事を知らぬ思い付きに過ぎないと言いたいようだ。

続いて宗次郎が、

「八代吉宗公は公儀の台所悪化を改善する為、全国の大名から米を出させました。しかし、それらは、あくまで例外でございます。公儀が大名領内には立ち入らないのが神君家康公以来、公儀の御政道でありますぞ。いくら先例に囚《とら》われない政《まつりごと》を志しておられる田沼さまでも、公儀と大名の根っことなる関係は無視できませぬ」

口角泡を飛ばさんばかりに言い立てた。

宗次郎の剣幕に意次はたじろぐどころか、余裕の笑みを浮かべている。庄司も臆《おく》せずに更なる説明を加えた。

「申し訳ございませぬ。拙者、言葉足らずでございました。御用金と申しましたが、正確に申せば、御用金ではないのです」

秀持と宗次郎は怪訝《けげん》な顔で固まってしまった。

「銭金を出させた農民、商人どもには利息を付けて返します。つまり、公儀は日の本中の農民、町人どもから借財をするのです。そうやって集めた金は会所を設けて諸大名に貸し付けるのです。利子は商人よりも、そして公儀貸付金よりも低く致します。会所は大坂に設けるのがよろしいと存じます。実際の運営は大坂の両替商に任せます。従いまして勘定所のお手は煩《わずら》わせませぬ。つまり、公儀は台所の金銀に手を付けることなく大名に貸し付け、大名は低利で借りることができ、農民、町人は多くはないにしても利子が付いた金銀が返ってくる、とまあ、公儀、大名、領民が利する仕組みでございます」

語り終えた庄司は心持ち誇らしげだ。我ながら妙案だと自負しているのだろう。

庄司の説明を受け、秀持と宗次郎は思案を始めた。秀持は口の中でぶつくさ呟《つぶや》き、宗次郎はうつむいて唸《うな》っている。

やがて、

「なるほど、そういうことですか。それならば確かに農民や町人にも利がありますな」

秀持は理解を示すようにうなずいた。

しかし宗次郎は、

「ありがたいと思う農民や町人もおりましょうが、嫌がる者もおりましょう。いくら利息付きで返ってくるとは申せ、出金される時は御用金同様に銭金をふんだくられる、という気持ちになるのではありませんか。農民も町人も金を取られることには抗《あらが》うものです」

と、危ぶんだ。

庄司が答えようとするのを制し、

「土山の懸念《けねん》はもっともじゃ。それゆえ、その方らは、ちゃんと農民や町人にも利があるということを周知徹底させるのじゃ」

意次は命じた。

「承知致しました」

秀持は返したが、宗次郎は無言で両手をついた。しかし、すぐに面を上げ、

「農民、町人は納得しても、諸大名からは不平、不満の声が出ないでしょうか」

より一層の危機感を抱きながら疑念を呈した。

「そうであるな」

実のところ、意次もそれが一番の気がかりである。

「何度も申しましたように、大権現さま以来、大名領には口を差し挟むことはないのが公儀の御政道であります」

宗次郎は言い添えた。

秀持は黙っている。

「抗議をする大名にはわしと老中とで説得にかかる……そうじゃな、勝手掛の水野忠友殿とな」

意次は言った。

それでも、宗次郎の顔は曇ったままだ。

「なに、案ずるより産むがやすし、じゃ」

不安を打ち消すように意次は明るく声をかけた。

「ですが……」

それでも、宗次郎は納得できないようだ。

「よいな」

意次は口調を強くした。秀持と宗次郎の顔が強張《こわば》った。二人に、

「大名には公儀の貸付金よりも低い利息で貸し付ける。大名にも利があるのだ」

だから、大名も説得できる、と意次は自信を示した。秀持も表情を和らげ、

「さすがは田沼さまです。田沼さまでなければ出来ぬ策でござりますな」

自分を納得させるように宗次郎に語りかけた。

しかし、宗次郎は憂鬱《ゆううつ》な顔のままだ。

「いくら良策でも、実施してこそじゃ。絵に描《か》いた餅《もち》にならぬようにな」

秀持の追従《ついしょう》には乗らず、意次はあくまで冷静に返した。

秀持と宗次郎が屋敷を辞去してから、意次は庄司に話しかけた。

「土山宗次郎、得心がゆかぬようであったな」

「そのようでした。おそらくは、自分の領分が脅《おびや》かされると危惧しておるのでしょう」

庄司は考えを述べ立てた。

公儀貸付金の窓口を担っている宗次郎は事務処理能力に長《た》け、仕事が出来るとあって、多くの大名から頼られているのだ。そして、宗次郎の筆一つで貸付金を得られるかどうかが決まるとあって、宗次郎は大名から多大な賄賂《わいろ》を贈られている。それゆえ、勘定組頭という禄高《ろくだか》三百五十俵の下級旗本の身で吉原の遊女を身請けできるのだ。

貸付金会所が設立されれば、公儀貸付金の需要は大幅に減るだろう。そうなれば、宗次郎が得る賄賂も少なくなる。

意次は薄笑いを浮かべ、

「これまで、散々役得を謳歌《おうか》してまいったのじゃ。もうよかろう」

と、突き放すように言った。

対して庄司は、

「お言葉ですが、贅沢《ぜいたく》が身に付いた者は、その暮らしを簡単に捨てられるものではありませぬ。土山宗次郎、良からぬことを考えねばよいのですが」

　宗次郎への警戒を示した。

「良からぬこととは、貸付金会所の構想を潰しに動く、ということか」

　意次は目をむいた。

「おっしゃる通りです。土山は公儀貸付金の窓口を通じ、諸大名の勘定方と通じております。三都の両替商とも親しんでおります。敵に回ると厄介ですぞ」

　目を凝らし庄司は返した。

「土山がどう考えようと、貸付金会所は開かれなければならぬ。大名の台所が安定すれば、領民どもも安寧に暮らせる。飢饉で飢え死にすることもなかろう。それが公儀の為、大名の為、すなわち天下万民の為になるのじゃ」

　信念を以《もっ》て意次は語り、庄司はそれ以上の反論をしなかった。

三

　その数日後、意次は登城し、老中たちに蝦夷地調査の報告を行った。

「蝦夷地で新田開発を行いたいと存じます」

意次はそう言って、老中首座松平周防守康福《やすよし》を見た。康福は、

「そうですか、ならば、進められよ」

異論を加えることなく言った。

意次は勝手掛老中の水野忠友にも意見を求めるように視線を預けた。

「蝦夷地の調査、思わぬ収獲がありましたな。まさか、不毛と思われた蝦夷地が開墾次第では、六百万石の米が出来る豊穣《ほうじょう》な地になるとは」

感激の面持ちで忠友は言った。

他の老中たちもうなずく。

「ならば、後日、新田開発の具体策を提示致します」

意次は老中たちを見回した。

「まこと、田沼殿のご慧眼《けいがん》にはいつもながら感心を致します」

忠友の追従に康福もうなずく。

「老骨も働き場があるからには奮闘せねばなりませぬ。そうじゃ、わしも鍬《くわ》を手に蝦夷地を耕しますかな」

意次が鍬を振るう真似《まね》をすると、忠友たちは声を上げて笑った。みな、意次の機嫌を取っているかのようだ。この笑顔が続く限り、意次の権力は盤石だ。

老中たちへの話を終え、意次は閣議の内容を将軍家治に伝えるべく中奥に入った。

家治はいつものように小姓の中野清茂を相手に将棋を指していた。

意次を見ると、

「少し待て」

と、声をかける。次いで目を凝らし盤上の駒《こま》を動かす。

「負けましてござります」

清茂は投了を告げた。

いかにも意次を憚《はばか》り、早指しをしたようで、家治も物足りないようだ。

「報告はすぐに終わります」

そう告げてから、意次は清茂に家治の相手をすぐに再開できるよう、待てと告げた。

清茂は部屋の隅に控えた。

意次は蝦夷地での新田開発について報告をした。

「そうか、蝦夷地でも米は作れるのだな」

家治は目を細めた。

「いかにも。新田開発がなれば、公儀の台所は潤います。いかなる災害が起きましょうと、蝦夷地で収穫できる米があれば、民に一人の飢え死にも出さず、盤石の政を行うことができます」

意次は言った。

「うむ、それまで、余も達者でいなければならぬな」

家治の言葉を受け、

「蝦夷地で穫《と》れた最初の米は、是非とも上さまに食して頂こうと存じます」

意次は頭を下げた。

「うむ、生きる楽しみが出来た」

満面の笑みで家治は何度もうなずいた。

意次の胸は熱く焦《こ》がされた。

深々とお辞儀をし、辞去しようとしたがふと、

「上さま、もう一つお話がございます」

と、告げた。

将棋盤に向かった家治は意次の顔を見ると、只《ただ》ならぬものを感じたようで、

「清茂、将棋はまたと致そう」

と、声をかけた。

清茂は将棋盤を片付け、両手をついて辞去した。

意次は家治に一礼してから、

「これはまだ、幕閣にも話しておりませぬが……」

意次は言葉を途切れさせた。

家治は鷹揚《おうよう》に意次の言葉を待つ。

「大名向けに貸付金の会所を大坂に設けたいと存じます」

貸付金会所の構想を説明した。家治は黙って聞いた後、

「さすがは主殿、よきところに目を付けたものじゃな……じゃが、大名どもの中には、自分たちの領民から銭金を徴収されることを面白くないと不快に思う者も出てこよう」

危惧の念を示した。

「上さまのご懸念をよく思案し、大名に不安と不満を与えないよう努めます」

家治の気持ちを煩わせたことを悔い、意次は力強い口調で返した。

「主殿のことじゃ。うまくやるとは思うが……」

政に口出しはしない家治だが、貸付金会所開設には危惧の念が晴れないようだ。

「よくよく準備を怠らずに進めたいと存じます」

意次は繰り返した。

「このところ、飢饉、災害が続いておる。どの大名も台所は楽ではない。よって、主殿の考えを理解すれば喜ぶであろう」

意次の気持ちを気遣ってか家治は言った。

次いで、嫌な空気を払い除《の》けるように、

「主殿、どうじゃ。久しぶりに将棋を指さぬか」

家治は誘った。

「喜んで、一局御指南をお受け致します」

意次は頭を下げ、将棋盤を取りに向かった。家治との将棋は楽しかった。言葉を交わさず、駒を動かしているだけだが、家治と気持ちが通じ合うような気がした。

田沼意次はとんでもないことを考える恐ろしいお人だ。おそらく田沼ならば成し遂げるに違いない。日本全国から民の金を吸い上げ、それで、大名を手なずける。田沼の狙いはそこにあるに違いない。隣りの部屋で聞き耳を立てていた清茂は、田沼の考えを聞いて身震いした。

その夜遅く、一橋治済は中野清茂の訪問を受けた。

「夜分、大変に畏れ入ります」

清茂は深々と頭を下げた。

「構わぬ。そなたが、夜更《よふ》けに訪ねてまいるとは、余程の用件であろう」

白絹の寝間着に綾錦《あやにしき》の袖なし羽織を重ね、治済は言った。

「田沼さま、恐ろしいことを考えておられます」

清茂は身体《からだ》を震わせた。

「どんな考えかの。面白そうじゃな」

治済はにんまりとした。

清茂は意次の貸付金会所についての構想を語った。

「なんと、それは。いかに田沼でも無理筋過ぎる」

治済は返してから、

「田沼の策といえど、こればかりは幕閣も通すまい。大名たちの反発が見えておるからな。いかなる大名も自領に公儀の手を入れられたくはない。たとえ、減封、改易をちらつかされても、応じる大名は少なかろう」

と見通しを語ったが、その口調は不安に彩られている。

「お言葉ですが、田沼さまは上さまのご信頼篤く、上さまがお認めになれば、幕閣で反対されようと貸付金会所は開設されましょう」

清茂の言葉に治済も異論を唱えなかった。それだけに、胸にじわじわと危機感が募る。

「田沼め」

思わず、治済は漏らし、意次を口汚くののしりそうになった。しかし、それでは御三卿《ごさんきょう》一橋徳川家の当主の品位に欠ける。治済は気持ちを落ち着かせる為《ため》、話を変えた。

「それはそうと蝦夷地の一件はいかがなった。オロシャと交易を始めるのか」

治済は問いかけた。

「オロシャとの交易及び蝦夷地での鉱山の開発はしないようです」

清茂は答えた。

「ほう、そうか」

複雑な表情で治済は言葉を漏らした。

次の、

「但《ただ》し、蝦夷地で新田を開発するそうです」

という清茂の報告に、

「蝦夷地で米が収穫できるのか」

首を傾《かし》げながら治済は疑問を投げかけた。

「勘定所の調査隊によりますと、米作りは可能だそうです。しかも、百二十万町歩もの新田開発が見込まれ、六百万石もの米が穫れるそうです」

「六百万石じゃと……馬鹿を申すな」

治済は一笑に伏した。

御三卿の一橋、田安、清水家は幕府から揃《そろ》って十万石を支給されている。御三家尾張家は六十二万石、紀伊家は五十六万石、水戸家は三十五万石の領知を有する。最大の大名は加賀前田家の百三万石だ。幕府財政を賄《まかな》う直轄地、いわゆる天領は合わせて四百万石である。

ところが、蝦夷地では六百万石もの米の収穫が見込めるという。

「不毛の地で六百万石の米じゃと。大風呂敷どころではないぞ。六百万石どころか一粒の米も穫れはせぬ。収穫できるのならとうに松前藩が米作りを行っておるわ。田沼め、大法螺《おおぼら》も大概にせい」

話している内に治済は怒りが沸々と湧いてきたようだ。

「まだ、蝦夷地の開拓は決まったわけではございません」

治済の怒りを宥《なだ》めるかのように清茂は言い立てた。

「田沼のことじゃ。何が何でも蝦夷地開拓に踏み切るであろう」

と、治済は見通したものの、

「そうは申しても、蝦夷地なんぞ、遥《はる》か彼方《かなた》の話じゃ。話半分、いや、十分の一でも六十万石、尾張家並の石高が得られるのであれば、公儀にはありがたい話ではあろう。御三卿の石高も加増されるかもしれぬわ」

好意的な解釈もしてみせた。

「なるほど、そう考えますと、蝦夷地の新田開拓は公儀には良き策でございますな」

清茂も賛同した。

「うむ、そういうことじゃ。田沼のやることなすこと、全《すべ》てを否定してしまうのはよいことではないな。いかんいかん、怒り、憎悪《ぞうお》、偏見は判断を誤らせる」

治済は自嘲《じちょう》気味の笑みを浮かべた。

清茂も、

「わたくしも心静かに田沼さまの動きを見たいと存じます」

と、頭を下げた。

四

明くる日、治済の屋敷に松平定信が水野左内を伴ってやって来た。

挨拶《あいさつ》の後、

「公儀貸付金が下賜《かし》されました」

定信は告げた。

「まずは、祝着《しゅうちゃく》ですな」

治済はうなずき返す。

「公儀貸付金の窓口となっております、勘定組頭、土山宗次郎という男、実に不届きでございます」

おもむろに定信は左内を見た。

「噂《うわさ》は耳にしております。土山、大名の勘定方から賂《まいない》を受け取っておるようですな。まあ、役得ですな」

治済は鷹揚に言った。

「それがしとて、賂を取ることに一々目くじらは立てませぬ。実際、それがしも溜間《たまりのま》詰《づめ》にしてもらうべく、田沼に賂を贈っております。ですが、土山宗次郎に関しましては、度が過ぎるということと、賂の活用の仕方が不埒《ふらち》極まるのです」

定信は左内を促した。

左内は治済にお辞儀をしてから、

「土山宗次郎は吉原の遊女、誰袖を身請け致しました。身請金は千二百両、しかも、拙者が頼みました貸付金五百両に二百両を上乗せさせ、過分な二百両を身請金に回したのです。実に不埒で狡猾《こうかつ》なる所業です」

左内の話に、

「確かにひどい男じゃな」

呆《あき》れたように治済は吐き捨てた。

左内が、

「尚《なお》、土山宗次郎は田沼さまが力を入れて進めようとしておられる、蝦夷地への調査隊を編成した者でござります」

と、言い添えた。

「なるほど、田沼を支える木っ端《こ》《ぱ》役人の一人じゃな。勘定組頭の立場に加え、田沼の威を借りた狐《きつね》というわけじゃ」

不愉快そうに治済は顔を歪ませた。

「まったく、こうした輩《やから》がのさばっておるのです。土山宗次郎、田沼の政を象徴する男ですな」

定信の言葉に治済は異論を唱えない。

「ところで、田沼め実に大胆な策を考えよったぞ」

治済は貸付金会所について語った。

「なんと、神君家康公以来の不文律、すなわち、大名領への不可侵を破ろうとしているのですな」

定信は歯軋《はぎし》りした。

「まさしく」

治済は野太い声を発した。

「許せませぬ」

定信が唇を噛むと、

「そして、田沼さまはオロシャと交易をしようとお考えになりました。それも、従来の公儀の法度《はっと》を侵すものでございます」

左内の言葉を受け、

「田沼は公儀の屋台骨を揺さぶっておりますな」

定信は怒りを募らせた。

「貸付金会所が出来ればどうなる」

治済の問いかけに、

「大名は田沼の顔色を見ながら領知で政を行うことになり、田沼の権勢は益々《ますます》大きくなりますな。将軍が家斉さまに代替わりしても、田沼の力は衰えませぬ」

と定信は返した。

「まさしくな」

治済は首を縦に振った。

「田沼の力はとてつもなく、大きなものとなり、田沼の打倒など夢の又夢となりましょう」

と定信は言い添えた。

「さて、いかにするか」

治済は腕を組んだ。

「土山に近づこうと思います」

左内は言った。

「近づいて何とする」

治済は左内に問いかけた。

「田沼に取りまして、土山が大いなる弱点になりそうです」

「吉原の遊女を身請けしたことがか」

「それもありますが、加えて貸付金会所です。それが土山と田沼の間に大きな溝《みぞ》を作ることになると思います」

左内は考えを述べ立てた。

「詳しく申せ」

興味を抱き、治済は問う。

「田沼さまの貸付金会所が出来ますと、土山が担当する公儀貸付金の需要が嫌でも減ると思われます」

「まさしく」

治済は認めた。

「当然、土山が受け取る賂も少なくなるわけです」

貸付の権限は大坂に設ける予定の貸付金会所を担う両替商たちに移る。

「土山にとっては田沼の貸付金会所の開設は大いに嘆かわしいことなのじゃな」

納得したように治済は言った。

「よし、左内、土山を味方につけよ」

静かに定信は命じた。

「承知しました」

左内は頭を下げた。

「では、早速、土山と」

俄然《がぜん》、左内は闘志を燃やした。

「田沼め、まさしくいままでは盤石の権力であったが、これからは大きく揺れること
になるかもしれぬぞ」

治済は楽しそうに両手をこすり合わせた。

「まさしく」

定信も両目を見開き、

「大いに揺さぶりましょう」

左内も勢いづいた。

「左内、しかと頼むぞ」

定信は念を押した。

五

山本道鬼が日本橋通油町の耕書堂にやって来た。

「道鬼先生、いつもながらお元気そうで」

重三郎は言った。

「こちとら、身体は達者にできているよ。何なら首が離れても動いてみせまさぁね」

道鬼は芝居めいた言い方をした。

「それでこその道鬼先生だね」

重三郎は小兵衛を見た。小兵衛も深くうなずき、

「ほんと、お元気ですね。あやかりたいね」

と、幇間《ほうかん》のように追従笑いをした。

そこへ、土山宗次郎がやって来た。

「おや、こりゃ、江戸一の幸せ者が来たよ」

道鬼が誰袖の身請けをからかうと、

「幸せなんて長続きしないもんさ」

宗次郎は冴《さ》えない顔だ。

重三郎が、

「どうしましたか。ここんとこ、内藤新宿にも吉原にも顔を出さないって評判ですけど。きっと、誰袖さんと水入らずの毎日を送っていらっしゃるって、みんな羨《うらや》ましがっていたんですよ」

重三郎の言葉に道鬼もうなずく。

「水入らずねえ……そりゃまあ、それなりにね」

宗次郎は曖昧《あいまい》に言葉を濁した。

「陰気は旦那《だんな》には不似合いでさあ」

重三郎が突っ込む。

「思ったよりも金がかかるもんだね、吉原の女っていうのは」

さすがは、吉原の太夫《たゆう》だけあって、誰袖は贅沢な暮らしが身についてしまっていて、望み通りの暮らしをさせるとなると、大変だと土山は嘆いた。

「だけど、それを承知で身請けしたんですよね」

重三郎に指摘され、

「そうなんだがな」

浮かない顔で宗次郎は返事をした。

「どうも、はっきりしないやね」

道鬼が声をかける。

「先立つ物がな……」

宗次郎は着物の袖をひらひらと振ってみせた。

「賂《まいない》が少ないってか」

道鬼が言うと、宗次郎は、

「そうだ」

と答えた。

重三郎は、

「そりゃまた、どうしてですよ。金に困っているお大名は沢山いるでしょうに」

と、不思議がった。

「そうなんだがね」

宗次郎は言い辛《づら》そうだ。

「まさか、賂を受け取ることが禁じられたり、取り締まられたりされるんですか」

重三郎が疑問を投げかけると、

「そんなことはないんだがね……第一、賄賂を取り締まろうたってそんなことできやしないさ。取り締まる側も袖の下を受け取っていやがるんだからな」

宗次郎は冷笑を放った。

小兵衛が、

「貸本先のお大名なんか土山さまに感謝していますよ」

と、宗次郎を励ました。

小兵衛は貸本先の大名藩邸と宗次郎を繋《つな》いでいる。

「それがな、大名藩邸に田沼さまが進めようとしている策の噂が流れているんだよ」

真顔で宗次郎は言った。

「策……ひょっとして、三浦さんが発案した大名への貸付か。やつがれは、銭金の話は苦手だから、詳しくは聞いていないがね」

道鬼は右手をひらひらと振った。

「噂っていいますと」

重三郎が問いかけた。

「それがな、近々、田沼さまの肝煎《きもい》りで大名相手の貸付金会所が出来るんだが、それが、無利子、無催促っていう、景気のいい話になって噂されてしまっているんだ」

宗次郎は困ったもんだと、言い添えた。

「そりゃ、願ったり叶ったりじゃござんせんか……本当ならね」

小兵衛が言った。

「虫が良すぎる話ですな。要するに、公儀から金を貰《もら》うようなもんですものね」

重三郎の言う通りである。

「そんな都合のいい話、いくら何でもまともに受け取るお大名、いるんかいな」

道鬼が疑問を投げかけると、

「そうなんだ。わしも、本気にする大名なんぞいない、と思っていたんだがな」

宗次郎は言った。

「そんな噂が流れ、それを信じる大名がいるってことは、何か信じるに足る根拠でもあるんですか」

重三郎は確かめた。

「それがな、田沼さまが進める別の策とごっちゃになってしまっているようなんだ」

宗次郎は言った。

「と、おっしゃいますと」

重三郎は首を傾げた。

「蝦夷地さ」

宗次郎は短く答えた。

重三郎と小兵衛は顔を見合わせた。道鬼は思案顔をしている。

重三郎が、蝦夷地がどうしたんですか、と問い直した。

「勘定所の調査の結果、蝦夷は米作りが出来るって判断された。そこで、田沼さまは蝦夷地で新田開発を行おうと計画を立てておられる。でもって、蝦夷地で穫れる米っていうのは、どれくらいだと思う」

宗次郎は重三郎と小兵衛を見た。

道鬼は知っているとあって、宗次郎は黙っているように目で告げる。

「さあ」

重三郎は首を傾げた。

小兵衛は、

「蝦夷地は奥羽《おうう》よりも寒いんですよね。奥羽じゃ飢饉でえらいことになって、ここ何年か米が穫れなくなっていますからね。そう考えますと」

理屈を組み立てているようだ。

「陸奥《むつ》仙台の伊達さまは六十万石、酒井さまは出羽庄内で十四万石とすると」

道鬼が二人に推量の材料を与えるように奥羽諸藩の大名の石高を計算し始めた。

ところが、重三郎が答えを出す前に、

「ざっと、六百万石だそうだ」

宗次郎は告げた。

重三郎と小兵衛は口をあんぐりとさせた後、

「こいつは驚き桃の木だ」

と、重三郎が両手を打ち鳴らした。

「まさしく」

小兵衛は信じられない、と首を傾げる。

「それがな、勘定所の普請《ふしん》方が蝦夷地を検地し、全体の面積を算出し、その十分の一で稲作ができると見積もって、六百万石の米が収穫できる、と踏んだのだ。あながち夢物語じゃないらしい」

と宗次郎は言った。

「そいつは、捕らぬ狸《たぬき》の皮算用だと思うがね。だって、蝦夷地は極寒の地だ。飢饉に苦しむ奥羽よりも寒いんだ。広大な田圃《たんぼ》を作ったって、米が実るとは限らないさ」

道鬼は悲観的な発言をした。

「ともかく、その六百万石が独り歩きを始めてな。そんな折に貸付金会所の計画が浮上したもんだから、二つの話がごちゃ混ぜになってしまったんだ」

つまり、幕府は蝦夷地を天領とし、六百万石の米を新たに得る。これで、幕府は財政の心配がなくなった。そこで、幕府は金に困っている大名に金子を用立てることにした。それが貸付金会所である。潤沢な資金を得て余裕がある幕府は、大盤振る舞いが出来る。大名は無利子、無催促という好条件で金を借りることができるのだ、という噂である。

「そして、大名は公儀、特に田沼さまへの感謝と恩を感じざるを得なくなる。益々、田沼詣《もう》でに励むってわけだ。そりゃ、わしも田沼さまを底辺で支える身としては好都合だが、その噂のせいで肝心の公儀貸付金の需要がめっきりと減ってしまったのさ」

最後には宗次郎は投げ槍《やり》な口調になった。

「なるほどね」

重三郎は納得した。

「そう、陰気臭い顔をなさらないでくださいよ」

小兵衛は励ました。

肩を落としていたものの、宗次郎は自分を叱咤《しった》するように顔を上げた。

「で、それ、本当なんですか。無利子、無催促ってのは」

改めて重三郎は問いかけた。

「そんな訳ないだろう。それじゃあ、困ってもいないのに公儀から金を貰おうとする大名が現れるじゃないか。そうなったら、田沼さまだって打ち出の小槌《こづち》があるじゃなし……ただ、利子は従来の公儀貸付金よりは低利だろうがね」

淡々と宗次郎は答えた。

「そりゃ、そうでしょうとも」

小兵衛は言った。

重三郎が、

「結局、ただより高いものはないってことになるんじゃないかい」

と、言い添える。

「ほんとだね」

道鬼が応じる。

「しかし、ちょっと考えればわかりそうなことがどうして噂になって広がっているんだろうね。噂っていうのは、そうしたもんだって言えば、それまでだけど。つまり、噂ってのは話を都合よく捻《ね》じ曲げるんだ。だけどね、お蔭《かげ》でこちとら迷惑だよ。商いの妨害だ」

宗次郎は文句たらたらだ。

「ま、いいじゃござんせんか。散々儲《もう》けてきたんですからね。それに、貸付金会所が開設されるまでまだ日があるんでしょう」

重三郎に言われ、

「間はあるけど、開設日が決まれば、それまでは何とかやり繰りをして、借りるのをやめる、ってお大名家ばかりさ。わしにしたって、一度身に付いた贅沢っていうのは始末が悪いさ。いまさら質素な暮らしなどできないさ」

宗次郎は言った。

小兵衛が、

「不自由を常と思えば不足なし、ですよ」

「ごもっともだけどね、よしんばわしが我慢できてもね……」

宗次郎は言った。

「誰袖さんは我慢できず、か」

重三郎が言うと、

「大体、吉原の大店《おおだな》の看板遊女なんてのは、大名の持ち物と言われてきたんだ。大名の側室並の暮らしが板に付いてしまっているんだよ。そんな女を身請けしたのが悪いのさ。自業自得ってもんさね」

ずけずけと道鬼は言い立て、見えるほうの左目を見開き、手で坊主頭をつるりと撫《な》でた。

「違いないけどさ、わしは誰袖の心根に惚《ほ》れたつもりだったんだけどな」

宗次郎は苦笑した。

重三郎が、

「ところが、見てくれはいいが心根はってわけだったたんですかい」

「違うとは言えないな」

宗次郎は言った。

「土山さん、器量良しの誰袖さんを身請けしたんだ。あんたは、広い度量で誰袖さんを受け入れないといけないよ」

道鬼はもっともらしい理屈を付けた。

「違いないけどね」

宗次郎は道鬼の言葉を受け入れたものの、いまだもやもやしているようだ。

「土山の旦那、くよくよしても仕方がありませんや。花の吉原の太夫を貰ったんだ。

男の誉れってものを楽しむのがいいやさ」

重三郎は慰めた。

宗次郎はしばらく考えていたが、

「そうだ、蔦重よ」

改めて宗次郎は重三郎に語りかけた。

「おっと、旦那、無心はなしですぜ」

重三郎は右手をひらひらと振った。そんなんじゃないと宗次郎は否定してから、

「黄表紙のネタだよ」

真顔で宗次郎は語りかけた。

重三郎は促す。

「まことなき世にまことあり、傾城《けいせい》に誠なしとは誰が言った……」

芝居がかって宗次郎は切り出した。何を言い出すんだ、と重三郎は小兵衛と道鬼と顔を見合わせる。

「つまりさ、夢を売る商売なんだからさ、蔦重よ、男が夢見るような話を拵《こしら》えるのさ。吉原の太夫に江戸っ子が惚れ、真心が通じ合うって話よ」

宗次郎は言った。

「で、惚れられたのはどんな男ですよ」

「そこらの男だ。ただ、若いのがいいな。大工見習とか商家の小僧とかな」

「そんな奴《やつ》らが吉原の妓楼《ぎろう》に登楼できますかい。いくら黄表紙でもね、荒唐無稽《こうとうむけい》過ぎると受けないんですよ」

興味を失《な》くしたように重三郎は横を向いた。

「だから、登楼まではさ、たとえば、富くじに当たったとか、親方や店の主《あるじ》に連れられてとか。適当に話を作るんだ。肝心なのはこれからだよ。若い男は太夫と一夜を共にする。でもって、その一夜で太夫に真心が通じる。太夫は男の心に打たれ、どんなお大尽、お大名の身請けも断って年季を勤め上げる、で年季が明けたら男のところに嫁入りするんだ。心と心が通じ合う。銭金じゃない。傾城にも心が通じるってな、そんな話だよ」

宗次郎が話を締め括《くく》ると、

「そんなことあるわけござんせんよ」

小兵衛が即座に否定し、重三郎と道鬼を見やる。二人は肩をすくめた。

「そりゃ、あり得ないさ。あり得ないけどね、あったら、いいなと思わないかい」

宗次郎は言った。

「そりゃね」

小兵衛はうなずく。

「蔦重、どうだい」

宗次郎は聞く。

「そうさな。売れるかな」

重三郎は判断に迷った。

「書き手次第ですな」

小兵衛が言うと、

「道鬼、いや、源内先生、書いてくれよ」

宗次郎に頼まれ、

「旦那が書いたらどうだい」

道鬼は返した。

「わしは、そんな暇じゃない……いや、暇になるかもな」

力なく宗次郎は薄笑いを浮かべた。

道鬼は肩をすくめた。

次いで、

「そうだ、賂の不足を、黄表紙で補うか。うむ、どうだろうな蔦重よ」

宗次郎は重三郎に問いかけた。

「そりゃ、旦那が黄表紙を書きたいっておっしゃるのなら、あたしは出版させて頂きますよ。それで、売れたら、続けて頂ければとも思いますぜ」

重三郎は言った。

宗次郎はうなずくと、表情を柔らかにした。小兵衛が、

「こりゃ、受けるかもしれませんよ。土山宗次郎さまは、世間の耳目を集めていらっしゃいますからね。随分とやっかみも受けていらっしゃいますがね。いわば、田沼さまの政を象徴するご仁ですからな」

と、賛同した。

「畏れ多いぜ。わしは田沼さまの政の底辺にいる木っ端役人に過ぎないさ」

珍しく宗次郎は謙遜《けんそん》してみせた。

「そうですがね、田沼さまという神輿《みこし》の担《かつ》ぎ手じゃござんせんか」

という小兵衛の言葉に重三郎もうなずいたが、

「いやいや、わしはな、田沼主殿頭という神輿の担ぎ手ではない。担ぎ手の草鞋《わらじ》を作っているに過ぎないさ」

達観した宗次郎の物言いに、

「こいつは言い得て妙だ。旦那、黄表紙の書き手でいけますぜ」

と、膝《ひざ》を打った。

するとと道鬼が、

「旦那、良きにつけ悪《あ》しきにつけ、あんた、田沼さまの政を象徴しているのは間違いないさ。要するに仕事が出来る。出来る奴のところに人と金は集まるんだ」

土山宗次郎は実務には長けているが身分は勘定組頭である。役高三百五十俵の下級旗本に過ぎないのだ。

江戸に数多《あまた》いる下級旗本の多くは、暮らしは楽ではない。吉原の太夫を身請けするどころか、一人の妾《めかけ》も囲えない、いや、家族を食べさせるのにも苦労している。

それが、宗次郎は千二百両もの大金を用意できたのだ。賂の金であるが、それだけの金子を集められるのは公儀貸付金の窓口業務をやっていた役得に他ならない。しかも、勘定組頭は宗次郎一人ではない。宗次郎を多くの大名が頼りにするのは、彼の実務能力の高さゆえなのだ。

仕事が出来る者が富を得るのが田沼の政である。

ただ、世間はそうは見ない。

宗次郎を田沼の先棒を担ぐ追従者、虎の威を借りる狐と見なし、私腹を肥やす賂塗《まみ》れの男だと批難する者は珍しくないのだ。

道鬼は言葉の裏では土山宗次郎のしくじりは田沼意次の政に大きな穴を空ける、だから、足を引っ張られないように用心しろ、と言っているようだ。

「よし、何だか生きる張り合いが出てきたぞ」

宗次郎は勢いよく立ち上がった。

宗次郎がいなくなってから、

「土山の旦那、案外と苦労しなさっているのかもしれませんね」

重三郎は言った。

「人にはそれぞれに悩みっていうのがあるものさ」

達観したように道鬼は評した。

「人の欲に限りはありませんや」

小兵衛も言葉を添えた。

「そうだね。あたしは、人の欲で食っているようなもんだがね」

しれっと、重三郎は顔を突き出して言う。

「やつがれは死んだ身だからね、欲得とは無縁だって言いたいが、そうはならないんだよね。死んでからも金は欲しいんだ。ま、地獄の沙汰も金次第だからかもしれないがね」

道鬼は笑いながら呟くように言った。

第五章 夢幻の大地

一

浅草奥山、浅草寺の裏手に広がる盛り場である。

土山宗次郎は矢場《やば》にいた。近頃評判の店だ。山本道鬼こと平賀源内は将来この手の店が流行《はや》るだろうと予想している。

間口二間《けん》の小屋の中に畳が敷いてある。畳から七間半先の三寸ほどの的を射る遊戯だ。矢を拾う娘が常駐しており、条件次第で春を売る。

的中すると太鼓が打ち鳴らされ、

「当た〜り」

という明るい娘の声を聞くことができる。遊戯とあって、的に当てるのはそれほど難儀ではない。弓術の稽古《けいこ》など必要なく、武芸とは無縁の町人でも、要領を摑《つか》めば百発百中とはいかないまでも、矢を的中させられる。

畳に腰を据え、弓を手にする宗次郎に娘が矢を手渡す。暇つぶしだ、と宗次郎はろくに狙《ねら》いをつけず、無気力に矢を射た。

矢は大きく的を外れた。

「心持ち、的より上に狙いをつけるのですぞ」

背後から声をかけられた。

振り向くと羽織袴《はかま》の武士が立っている。見覚えがあるな、と目を凝らすと思い出した。

「確か白河侯のご家来、水野殿でしたな」

宗次郎が確かめると、

「さよう、水野左内でござる」

慇懃《いんぎん》に左内は礼をした。

「水野殿も矢場で遊ばれるのですか」

意外そうに問いかけた。

「まあ、偶《たま》には息抜きに」

浅草観音参拝を名目に、奥山の盛り場を冷やかすのだと左内は言い添えた。

「拙者も、偶に……水野殿と同じく息抜きですな」

宗次郎が言い訳めいた言葉を返すと、

「いかがでござる。蕎麦《そば》でも」

左内は宗次郎を誘った。

「いや……」

断ろうとしたが、

「近頃、評判の蕎麦屋がありますぞ」

宗次郎の返事を待たず左内は歩き出した。宗次郎は矢場の勘定を済ませ、後を追った。大勢の男女を縫うように左内は進む。人混みに身を入れるうちに、宗次郎も気が紛れていた。

蓬萊庵《ほうらいあん》と記された暖簾《のれん》を潜《くぐ》り、店内に入った。昼時を過ぎているせいか、小上がりになった入れ込みの座敷に客はまばらだ。座敷は衝立《ついたて》で区切ってあり、宗次郎と左内は座敷の奥で向かい合った。

「この店は貝柱のかき揚げが美味《うま》いですぞ」

左内に勧められるまま宗次郎はかき揚げ蕎麦を頼んだ。待つ程もなく蕎麦が運ばれて来た。湯気が立つ丼《どんぶり》を見ると、宗次郎の心は和んだ。かき揚げの衣と汁が匂《にお》い立ち、食欲をそそる。左内から七味唐辛子が入った小さな瓢簞《ひょうたん》を手渡され、軽く蕎麦に振りかける。

かき揚げは菜種油で揚げられたようで、こんがりと狐色《きつねいろ》だ。熱々のかき揚げと蕎麦に何度も息を吹きかけ、まずはかき揚げを食べた。衣のさくさくとした食感と貝柱の甘味が口中に広がり、笑みがこぼれる。汁を一口飲む。かき揚げの油と汁が口中でいい具合に溶け合う。蕎麦も腰があって喉越《のどご》しがたまらない。

言葉も交わさず、宗次郎は夢中で食べ終え、

「いやあ、実に美味でした」

と、満足のため息を吐いた。

「舌が肥えた土山殿から美味いと言われたとあれば、この店は繁盛《はんじょう》間違いなし、ですな」

左内は軽口を叩《たた》いた。

腹が膨れ、左内への警戒が緩んだ。

「こんなところで、話すべきではないのですが」

左内は居住まいを正した。

「公金貸付ですか」

やはり、そうかと思いながら問い直した。

「それもありますが、それよりも、まずは、お礼をしたいと存じます。お蔭《かげ》でわが殿は溜間詰《たまりのまづめ》に列席できることになりました」

深々と左内はお辞儀をした。

「あ、いや、拙者に礼など……」

ここまで言ったところで左内は遮り、

「わが殿は土山殿に感謝致しております。土山殿さえよろしければ、お目にかかって直接礼を述べたい、と」

と、目を凝らした。

「そ、そんな……畏《おそ》れ多いことでござる。それに、白河侯が溜間詰に列席なさったのは、拙者の功ではござらぬ。白河侯のお力ですぞ。いや、まことに」

宗次郎は恐縮の体で遠慮した。

「はっきり申せば、御老中田沼主殿《とのも》さまの御推挙のお蔭でござります」

という左内の言葉に、宗次郎は返事をせずに頭を下げる。

「ですが、田沼さまをして、わが殿を溜間詰に推挙せしむるに至ったのは、当家からの贈り物でござる。それを用立ててくださったのは土山殿でありますからな、それがしもわが殿も土山殿に恩を感じるのは当然です」

あけすけな口調で左内は述べ立てた。

「待ってくだされ」

思わず声を大きくし、慌《あわ》てて宗次郎は周囲を見回した。こちらに目を向ける者がいないのを確かめてから、

「拙者が白河藩に公儀貸付金が下されるよう書面を作成しましたのは、藩邸の修繕費工面の為《ため》でござる。田沼さまへの賄賂《わいろ》に使用するためではござらぬ」

と、声を落としながらも、強い口調で言い立てた。

「わかっております。決して土山殿の足を引っ張ろうと思っておるのではござらぬ。むしろ、僭越《せんえつ》ながら土山殿の恩に報いたいのです」

左内は軽く頭を下げた。

「それは、どういうことでござるか」

警戒して宗次郎は返した。

「聞くところによりますと、昨今、公儀貸付金の申し込みが減っておるとか……」

首を傾《かし》げ左内は言った。

「さて、どうでござろう」

惚《とぼ》けたように宗次郎は横を向いた。

それを無視し、

「急に大名の景気がよくなったのでしょうかな。いずこの大名家も台所事情が良い、とは思えませぬが」

左内が疑問を投げかけたところで、

「御免」

関わりを避けるように宗次郎は腰を上げた。

「待ってくだされ。公儀貸付金の申し込みが減れば土山殿はお困りでしょう。わが殿も心配しておられます」

強い調子で左内は引き止める。

「拙者、自分の役目を果たすだけでござる」

宗次郎は返し、席を立った。

すると、宗次郎の前に客たちが立ちはだかった。

「な、何だ……退《ど》け」

宗次郎は目をむいた。

しかし、客たちは退こうとしない。それどころか宗次郎を囲んだ。

「なんじゃ、無礼者！」

両目を吊《つ》り上げ、宗次郎は激昂《げっこう》した。

ひるむどころか、客たちは宗次郎の腕を摑んだ。驚きと戸惑いに駆られながら、宗次郎は手を振りほどこうとした。しかし、両腕を摑まれ、抵抗もままならず引きずられるように奥へと連れて行かれる。

「水野殿……」

宗次郎は左内に視線を向ける。

「大事な客人だ。手荒な真似《まね》は致すな」

左内は客たちに声をかけ、腰を上げた。

「やめろ、こんなことをして、ただで済むと思うのか」

わめいても解放されることなく、宗次郎は奥の小座敷に連れ込まれた。

「おのれ」

手足をばたばたさせていると左内が入って来た。

「落ち着かれよ。もう少しだけ、お付き合いくだされ」

穏やかに左内は声をかけた。摑まれた腕が解かれ、宗次郎は覚悟を決めたように腰を据えた。客たちが出て行った。宗次郎は彼らを剣呑《けんのん》な目で追う。

「当家の者たちです」

この店を借り切っております、と左内は言い添えた。

「随分と手の込んだことをなさるものですな」

宗次郎は苦笑した。

すると、襖《ふすま》が開き品格漂う武士が入って来た。上等な小袖《こそで》に仙台平の袴、黒綸子《りんず》の羽織を重ねている。宗十郎頭巾《ずきん》を被《かぶ》っていたが、床の間を背負って座ると、それを脱いだ。

「わが殿でござる」

左内が告げると、

「白河侯……」

呟《つぶや》くと宗次郎は両手をついて平伏した。

「土山、そう鯱《しゃちほこ》張るな。忍びじゃ」

鷹揚《おうよう》に定信は声をかけた。

それでも、宗次郎は這《は》いつくばったまま面を上げようとしない。

「そなた、権勢を誇る田沼殿にも面と向かって意見を述べ立てておるそうではないか。わし如《ごと》きにへりくだることもあるまい」

定信は微笑《ほほえ》みかけた。

「とんでもございませぬ。白河侯は八代吉宗公のお孫さまにございます。拙者が言葉を交わすどころか、お顔を見ることも許されるものではありませぬ」

尚《なお》も宗次郎は恐縮した。

「まあ、その辺にしてくれ。それより、このような無作法を承知で、わしはそなたと膝《ひざ》を突き合わせて話がしたかったのじゃ」

あくまで鷹揚に定信は語りかけた。

ここに至って宗次郎は目を上げ、身構えた。定信は白河藩への公儀貸付金が下賜《かし》された礼を述べ立ててから、

「貸付金会所、とはいかなるものじゃ」

ずばりと問いかけた。

宗次郎は言葉を詰まらせた。

「腹を割ってくだされ。わが殿は貴殿の力になりたいとお考えなのですぞ」

左内が声をかける。

宗次郎は逡巡《しゅんじゅん》の後、

「目下の構想でございますが」

と、貸付金会所開設について語り出した。

天領、大名領の区別なく、農民には田畑の面積に応じて御用金を課し、町人には持ち家の間口によって御用金を出させる。集めた金を元にして、大坂の会所で大名向けに貸付を行う。農民、町人には出させた金に利子を付けて返済する。大名には公儀貸付金より低利で貸し付ける。

「と、まあ、このような構想でございます」

宗次郎は話を締め括《くく》った。

定信は左内を見た。

「公儀貸付金よりも低利とあって大名の中には歓迎する声があるそうですな。それゆえ、土山殿は暇を持て余し、収入も減っておられ、暮らしにも影響している、と耳にしました。いや、まっこと土山殿には迷惑な策でございますな」

左内に指摘され、

「いや、拙者の都合で公儀の御政道が決められるわけではござらぬゆえ」

宗次郎は面を伏せた。

定信が、

「大名が歓迎しておるのは低利であるからだが、自領の権利を侵される、と不満の声が上がるのではないか」

と、疑問を投げかけた。

「それは……背に腹は代えられぬ、と申しますか」

宗次郎は曖昧《あいまい》に言葉を濁した。

「しかし、どうであろうな、そなた、それでよいと思うか。公儀の勘定所を担《にな》う者として、それでよいと考えるか」

定信に問い詰められ、

「拙者には何とも判断できませぬ。勘定所の役人に過ぎませぬので」

言い訳でもするように上目遣いとなって宗次郎が返すと、

「それは、逃げ口上でござるぞ」

左内は責め立てた。

「ですが……」

宗次郎は唇を噛《か》む。

「勘定所の役人として、そなたの見解を申せ。なにここだけの話じゃ」

定信が静かに命じる。

左内も、

「大権現《だいごんげん》さま以来の御政道を、田沼さまは歪《ゆが》ませようとしておるのですぞ。公儀の屋台骨を支える土山殿なら不満がござろう」

と、宗次郎を煽《あお》り立てた。

「はあ……」

宗次郎は額に脂汗《あぶらあせ》を滲《にじ》ませた。

「いかに思う」

定信は問いを重ねた。

「それは……やはり……田沼さまがなさろうとする貸付金会所設立は、必ずしも正しくはない、と存じます」

苦しそうに宗次郎は答えた。

「そうであろう」

定信はうなずく。

すかさず左内が、

「ならば、いかに田沼さまが進めようが、止めるのが貴殿の役目ではござらぬか」

表情を引き締め言い立てた。

「そのような大それたこと、拙者如き者にできるはずがござらぬ」

顔を強張《こわば》らせ、宗次郎は断った。

定信が、

「むろん、そなただけに負わせるつもりはない。わしも起《た》つ」

断固たる決意を示した。

「土山殿！」

左内が叱咤《しった》するように声をかける。

「土山、そなたは公儀を支える役人である。田沼の使い走りではなかろう」

定信も責めるように言葉を添える。

「それはその通りですが」

曖昧に口をもごもごとする土山に、

「違うのか！」

定信は声を大きくした。

宗次郎は蒼《あお》ざめた顔で、

「おおせの通りでございます」

と、両手をついた。

一転し、

「ならば、頼むぞ」

定信は表情を柔らかにした。

「は、はい」

宗次郎は目を白黒とさせた。

定信は小座敷から出て行く。

左内と二人になり、

「あの、具体的にどのように致せばよろしいのでしょう」

宗次郎は質《ただ》した。

すっかり、左内に呑《の》まれている。

「貸付金会所の触れが出るのはいつでしょうかな」

左内は問いかける。

「おそらくは、夏ごろかと」

宗次郎は答えた。

「ならば、その直前に噂《うわさ》を流してくだされ」

左内は言った。

「どのような」

「貸付金会所では借りるに当たり、大名には担保として領知の一部を差し出させる。

そして、返済が滞れば、ただちに担保を没収する、とな」

「いくら何でもそのようなことまでは、田沼さまは要求なさりませぬぞ。精々、担保に取るのは年貢《ねんぐ》の一部です」

宗次郎は声を大きくした。

「いやいや、それが事実かどうかは問題ではないのです。田沼さまならやりかねない、というところが肝要なのです。ほれ、上知令《あげちれい》を思い出されよ」

左内は言った。

かつて意次は高利益の産業を振興する大名から領知の一部を幕府に寄進させようとした。たとえば、秋田藩における阿仁《あに》銅山を長崎交易で使う銅銭確保の為に上知しようとしたが、秋田藩佐竹家から猛烈な反発を受け、撤回したことがある。

秋田藩の上知はならなかったが、尼崎《あまがさき》藩には菜種の産地を天領の一部と交換する上知を実施した。

「よって、その噂は真実味を持つ。田沼さまは、上知令の時のように大名の領知を召し上げようとしている、とな」

左内は言った。

「いかにも、真実味がありますな」

納得したように宗次郎はうなずく。

「ならば、その噂を流してくだされ」

改めて左内は頼んだ。

宗次郎はうつむいている。

左内はくれぐれも頼りにしています、と繰り返した。

二

その頃、一橋邸には水野忠友が呼ばれていた。

「お忙しいのに、お呼び立てしてすみませぬな」

治済が語りかけると忠友は恐縮した。

「田沼殿、相変わらずのご多忙のようですな」

治済が言うと、

「まこと、頼もしきお方でござります。御政道を一身に背負っておられます」

忠友は慇懃に答えた。

「いかにも、田沼殿は辣腕《らつわん》。しかし、支える忠友殿があってこその田沼殿、とは専《もっぱ》らの評判でござる。わしもそれには同感じゃ。忠友殿の献身には感服致しておりますぞ」

治済は忠友を褒め上げた。

「いやいや、拙者なんぞ、特別なことなどはしておりませぬ」

忠友は謙遜《けんそん》した。

「そんなことはないでしょう。そうそう、蝦夷地《えぞち》における新田開発、あれも、忠友殿が細かなところは筋道を調えたのでござろう」

治済の言葉に、

「いや、あれは……」

忠友が口ごもると、

「実に雄大なる計画でござりますな。六百万石もの米が穫れるとは、いや、実に素晴らしい。よくぞ、蝦夷地に目を向けられた。田沼殿と水野殿のご慧眼《けいがん》にはただただ恐縮致します」

治済は更に褒め上げる。

「蝦夷地に関しましては、ほとんどが田沼殿と勘定奉行松本秀持で計画しておるのが実状でござります」

真面目《まじめ》な顔で忠友は返した。

「しかし、重要なことは、田沼殿は忠友殿に相談し、知恵を借りたのではござりませぬかな」

治済の推測に、

「まあ、それなりに」

忠友の声がしぼむ。

治済は笑みを広げ、

「大坂に設ける貸付金会所、あれは水野殿のお知恵ですか」

改めて治済は問いかけた。

この問いかけには、

「違います……拙者ではありませぬ」

明確に忠友は否定した。心なしか田沼への不満が感じ取れる。

「発案者は違うにしましても、概略は忠友殿がお作りになったのでは」

治済はわざとくどいくらいに確かめた。

「いいえ、拙者ではありませぬ」

今度は強く首を左右に振り、忠友は否定した。

「では、細部の協議をしたのですな」

「いいえ、田沼殿と松本、いや、用人の三浦庄司とで練り上げたものでござる」

忠友の顔は不快に歪んだ。

「おや、これは意外ですな。水野殿は勝手掛でござろう。つまり、公儀の台所を担う役目。そんなお方が貸付金会所設立に関わっておられぬとはどういうことでござるか」

治済は疑問を投げかけた。

「それは……」

忠友は答えられない。

「田沼殿、いったいどういうつもりなのでしょうな」

治済は首を傾げた。

「さて……それがしには……」

忠友は責められているように落ち着きをなくしている。

「その時分、患《わずら》ってお休みになっておられたのですか」

治済は問いかけた。

「そういうわけでは……」

「ならば何故《なにゆえ》……」

「拙者への気遣いではないかと」

「気遣いとはどういうことですかな」

治済は問いかけを重ねた。

「難しい策に関しましては、田沼殿が十分の検討を重ね、形が出来上がったところで、拙者に開示くださり、しかる後に幕閣に諮《はか》る、という次第でござる」

語る内に忠友の声音は弱々しくなっていった。

「ほう、そういうことでござるか。つまり、田沼殿は重要な案件に関しては、自分の身内で固める、そして、忠友殿には幕閣で通しやすいように補助をしてもらう」

皮肉めいた口調で治済は言った。

忠友はここで治済に向き直り、

「中納言《ちゅうなごん》さま、拙者を呼んだのはいかなる次第ですか。田沼殿の御政道に対し、何か含むものがあるのでしょうか」

不審感を募らせながら治済を正面から見据えた。

治済は目を凝らし、

「田沼殿への不満の声を耳にしますのでな」

「どのような」

「何事も独断専行」

「そのようなことはござらぬ。必ず、幕閣にて討議を重ねた末に決し、決まったことは上さまのご裁可を得て発令致します。決して、田沼殿お一人で御政道を進めるものではありませぬ」

強い口調で忠友は言い返した。

それを治済は聞き流すように、

「さて、田沼殿の御政道、いつまで続きますかな」

冷笑を浮かべた。

三

六月、田沼意次は貸付金会所設立を決め、「全国御用金令」を発した。

天明六年（1786）から五年間にわたり、町人は所持する町屋敷の間口一間につき銀三匁《もんめ》、農民は所持地百石につき銀二十五匁を出金せよ、全国の町人、農民、それに寺社から集めた御用金は諸大名への貸付金とする、というものだ。

大名への貸付は年利七厘《りん》で実施される。商人からの借財、公儀貸付金よりも低利であった。

また、出金した町人、農民には二厘の利子を付けて返す。従来の御用金と違い、取り立てるだけではなく、わずかながらも利子を付けて返す。よって、町人、農民の負担にはならない、というものであった。

このような説明に老中、若年寄は異論を述べず、将軍徳川家治も了承した。

「忠友殿、これで諸大名の台所、多少は楽になりましょう。公儀の懐《ふところ》も潤《うるお》います。また、町人、農民どもにも利がもたらされる、我ながら良き策だと思いますぞ」

珍しく意次は自画自賛した。

「まこと」

忠友も否定はしなかった。

それから、

「今回の策、拙者には寝耳に水でありましたが、妙案だと思います」

と、言い添えた。

忠友の微妙な言い回しに意次はおやっとなった。

「事前に相談しなかったこと、申し訳なく存じます」

意次は忠友が不快感を抱いたのでは、と危惧《きぐ》した。

「なんの、拙者になど相談は無用でござる」

笑みを広げた忠友であったが、その目は笑っていない。忠友の気持ちを和らげようとあれこれと思案を巡らせたが、良い考えが浮かばない。

「いや、何も不満はござらぬ。ただ、このような重要な政策ゆえ、一声かけていただきたかった、と思っただけでござる。もっとも、拙者が意見を求められたところで、何もお役には立てなかった、と存じますが」

忠友は言った。

意次は無言で忠友を見返す。

さらに忠友はふと思いついたように、

「蝦夷地のお試し交易、いかがなりましたか」

と聞いた。

言外にそれも聞いていないという不満が感じ取れる。

意次は努めて明瞭《めいりょう》に、

「二艘《そう》の船を送りました。そのうち一艘で千五百両ほどの利を挙げることができました」

お試し交易は、松前藩の頭越しではなく、了解の下で行われた。

船頭手当等諸経費及び松前での仕入れ費用、沖の口での課税負担という総支出として千五百六十四両かかったが、収入は江戸で東蝦夷地物産千三百七十三両、松前で宗谷物産千六百八両の計二千九百八十一両であった。

従って千四百十七両の黒字を計上したことになる。

「それはようございましたな」

忠友は言った。

「但《ただ》し、北の海は相当荒れます。交易は危険が伴うもの……安定した利が得られるか……」

「それは残念。して、アイヌとの交易は今後本格化されるおつもりですか」

目を凝らし忠友は確かめた。

「いや、交易はしない方がよろしいかと存じます。あまりにも危険が伴いますのでな。それよりは、新田開発です」

蝦夷地に夢を馳《は》せるように意次は両目を大きく見開いた。

「六百万石の米ですものな。将軍家は目下の天領から収穫される四百万石と合わせ、一千万石もの大身代になります。まさに、公儀は盤石ですな」

忠友も賞賛の声を惜しまなかった。

「今後、ますます忠友殿のお力を頼ると存じます。どうぞ、よしなに」

慇懃に頭を下げる意次に忠友も礼を返したが、表情は硬い。

では、と立ち去ろうとしたところで、

「大丈夫でござろうか」

唐突に忠友は危惧の念を示した。

「と、おっしゃいますと」

意次は問い直す。

「大名たちは己の領民から出金させられることに不満を抱かぬでしょうか。また、町人、農民どもはいくら利子付きで返済されるからといっても、出金させられるのは、税を取り立てられるのと同様の気持ちにはならないものでしょうか」

「ごもっともなるご懸念《けねん》と存じますが、多少の不満の声が聞かれるのは最初の一年ないし二年だと思います。三年目以降は、法度《はっと》は常態化するものと存じます」

意次は楽観視している。

「そうなればよろしいのですが……」

不安そうに忠友は言葉尻《じり》を濁した。

「大名とて背に腹は代えられませぬ。度重なる借財で商人どもからの借り受けはままならぬなか、台所を補うべく低利で借財ができるのですから」

意次は微笑みかけた。

押し黙った忠友に、

「批判の矢面にはわしが立ちます」

意次は、忠友殿にはご迷惑はかけませぬ、と言い添えて立ち去った。

意次の背中を見ながら、

「勝手掛たるわしはいなくてもよいのか……」

一橋治済の言葉が忠友の胸を大きく揺さぶった。

山本道鬼は日本橋通《とおり》油町《あぶらちょう》の耕書堂を覗《のぞ》き、重三郎と世間話をしてから、

「また、蝦夷地に渡るよ」

と、言った。

「よっぽど、蝦夷地が気に入ったんですね。金や銀、銅がわんさか出るんですか」

重三郎は冷やかした。

「残念ながら鉱山は当てにできない。そうじゃなくって、新田を開発するんだ。とて

つもない大きさの田圃《たんぼ》をね。それで、やつがれは新田開発を手助けしようと思ってさ。準備が整い次第、早ければ年内、遅くとも来年の春には蝦夷地に行く。今度はおいそれと帰ってこられないかもしれないね」

　道鬼は見える左目を見開いた。

「じゃあ、道鬼先生は蝦夷地に骨を埋めるつもりなんですかい」

「そうなるかもな」

「平賀源内、波瀾《はらん》万丈の生涯は蝦夷地で終える、ですか。それもいいや。源内先生らしくて。おっと、それじゃあ、早速蝦夷地を舞台にした黄表紙を書いてくださいな」

　重三郎は頼んだ。

「ああ、いいよ」

　道鬼が気安く承知したところへ、小兵衛が戻って来た。

　書物箱を畳に置き、

「田沼さま、えらく評判が落ちたね」

　と、ため息混じりに言った。

「どういうこったい」

　道鬼が問いかけた。

「先月、ご発令になった、全国御用金令ですよ」

小兵衛が言う。

「なんだい、大名たち、低利で金を借りられるから喜んでいるんじゃないのかい」

道鬼が問いかける。

「そこじゃないですよ。自分たちの領民から金を出させるって行為そのものに、不満を抱いているし、その影響で農民から年貢、町人から運上金や棟別銭《むねべつせん》が取り立てにくくなるってこってすよ」

貸本を持ち込む手代たちは行く先々の大名屋敷で全国御用金令に対する不平、不満の声を耳にしている。なるほど、大名によっては、農民への年貢取り立てばかりか、城下町に住む町人から所持する家の間口に応じた地子銭《じしせん》を徴収している。全国御用金令は大名が課す地子銭とは違い、取る一方ではなく、利子付きで返すのだが、町人からすれば、徴収されることに変わりはない。

農民にしたって大名に対し、納めなければならない年貢の他に銭を取り立てられることになる。ならば町人も農民も僅《わず》かでも利子の付く幕府への出金を優先させてしまうのではないか、と危惧する大名は多いそうだ。

「言われてみれば、その通りだね。あ、そうだ。うちだって御用金として出金しなきゃいけないんだ。うちは六間程だから、十八匁を五年間、お上に出金するってことか。金目にすると、一両が六十匁だから、ま、大した銭じゃないけどね。利子がついて還《かえ》ってくるといったって取られることには違いないし、いい気はしないね」

重三郎が言うと、

「こりゃ、田沼の殿さま、読み違えをなすったのかもしれないね」

道鬼は危惧した。

「大名の為になる、と思ってやりなさった策なのに裏目に出るかもしれませんぜ」

重三郎は言った。

小兵衛も、

「これで、けちがつかなきゃいいんだがね」

と、ため息混じりに言い立てた。

「田沼の殿さまのことだ。ちゃんと、乗り切ると思うがな。じゃないと、やつがれの死に場所がなくなってしまうよ」

道鬼は言った。

四

天明六年七月、豪雨が関東を襲った。

未曾有《みぞう》の雨が降り注ぎ、各地で大洪水が発生して、田沼意次の重要政策であった印旛沼の干拓が頓挫《とんざ》した。併せて被害に対するお救い米、お救い小屋など莫大《ばくだい》な出費が必要となった。

意次は豪雨被害の対策に忙殺された。

道鬼から全国御用金令に対する大名たちの不満の声があると知らされた意次は不満解消への打開策を練ろうとしていたが、それどころではなくなってしまったのだ。

更に、豪雨が田沼の悪政のせいだという批難の言葉も上がっている。

意次が疲労困憊《こんぱい》の態《てい》で屋敷に戻ると、三浦庄司が待っていた。

「殿、豪雨を田沼の悪政のせいだ、という声、馬鹿にはできないですぞ」

庄司は心配した。

「そんな根も葉もない戯言《ざれごと》なぞ、放っておけ」

多忙ゆえの鬱憤《うっぷん》が胸に渦巻き、庄司に怒声を浴びせてしまう。

「ごもっともですが、そんな根も葉もない噂話ほど人には好まれるものでございます」

庄司は返した。

「言いたい者には言わせておけば良い」

落ち着きを取り戻したものの、意次はそんな噂話などに一々応対する気はなかった。

「全国御用金令、ひとまず、先延ばしにしてはいかがでしょう」

庄司の建言に、

「それはならぬ」

厳しい声で拒絶した。

「では、せめて被害にあった関東の大名だけでも延期をなさってはいかがでしょうか」

庄司は妥協案を示した。

「三浦、臆《おく》しておっては、政《まつりごと》はできぬぞ」

表情を引き締め、意次は強い口調で言い立てた。

「それはわかっております」

「わかっておらぬではないか。下らぬ噂話なんぞに乗せられ、本来の政道を誤ってはならぬ」

意次は庄司を弱腰だと批判した。

意次は聞き入れることなく、まだなにか言おうとした庄司を残して座敷を立ち去った。


数日後登城した意次は、幕閣と豪雨被害対策について討議をした後、全国御用金令について改めて老中、若年寄に周知徹底させようとした。

その為、勘定奉行松本秀持と勘定組頭土山宗次郎も出席していた。

「全国御用金令に対する不満の声が上がっていると耳にした。よって、大名の不満、不平、疑念を取り除かねばならぬ」

意次はみなを見回した。

老中も若年寄もみな深刻な顔をしている。

「方々、ここで改めて法令の中味を良く理解してくだされ」

意次は発言するよう秀持を促した。

秀持は改めて貸付金会所について、その仕組みを丁寧な口調で説明した。

「みなさま、おわかりくだされたか」

意次の言葉に老中、若年寄ともに黙っている。

「では、大名から問い合わせがございましたら、きちんと貸付金会所の利をご説明くだされ。よろしいな」

意次は強調した。

沈黙を続ける老中と若年寄を見ながら、

「忠友殿、よろしいですな」

と、意見を求めた。

忠友は意次に向き、

「豪雨による被害は甚大《じんだい》でございます。この際、災害の復旧が成るまで、全国御用金令は延期なさってはいかがでしょうか」

と、三浦庄司と同じことを言った。

意次は忠友を見返した。

「それはなりませぬ」

意次は否定した。

「ですが、このようなときには寛容さを示すのも公儀のなすべきことではないでしょうか」

忠友は譲らない。

思いもかけず忠友から反対されてしまい、

「いや、それは寛容ではなく、腰が引けておるのですぞ。忠友殿は、勝手掛、公儀の台所を担う立場ではござらぬか。しっかりしてくだされ」

思わず、意次は口調が乱れてしまった。

「拙者はしっかりしておるつもりですぞ」

忠友も強い語調となって言い返す。

「ならば、臆することなく全国御用金令を粛々と進められよ」

気持ちを落ち着かせ、意次は語りかけた。

「拙者は拙者の考えを示してはならぬというのですか」

忠友の目は血走っている。

尋常ではない忠友の態度に、困惑しつつも、

「……そんなことは申しておりませぬ」

努めて落ち着き、意次は返した。

忠友は口を閉ざした。

重苦しい雰囲気となり、誰も口を開こうとしない。

意次はみなを見回し、

「では、方々、全国御用金令の推進、重ねてよろしくお願い申し上げる」

と、告げて立ち上がった。

忠友は荒々しい所作で席を立った。


土山宗次郎は浅草奥山の矢場で水野左内と再び会っていた。

矢場の中には誰もいない。客ばかりか娘の姿もなかった。どうやら、左内が借り切ったようだ。

「評判が悪いですな」

左内は全国御用金令について話した。

宗次郎は矢を的に射掛け、

「貴殿に言われた、借り入れに当たっては担保を取り、返済が滞ればただちに召し上げられる、という噂を流したのが功を奏しておるようですな」

「田沼さまは焦《あせ》っておられるのではございませぬか」

「実は、幕閣お歴々の協議の場、大きな波風が立ちました」

宗次郎は先日の討議の場において水野忠友が不満をぶちまけた一件を話した。

「それは、大変でしたな」

左内は言った。

「まったく、居たたまれませんでしたぞ。田沼さまも水野さまも、お互いの意地がありましょうからな。それにしても、水野さまがあんなにも激して田沼さまに反論なさるとは驚きました。拙者ばかりではなく、勘定奉行の松本さまも、他の老中、若年寄方も、口を挟むこともできず、お二人のやり取りを眺めることしかできませんでした」

ため息を吐き、宗次郎は語り終えた。

「とにかく、全国御用金令は評判が悪過ぎますな」

左内は強い口調で言い立てた。

「そんなにも評判が悪いとは……」

宗次郎は予想以上だと心配し始めた。

「こんなことを申しては気分を害されるでしょうが、土山殿も田沼さまの全国御用金令作成の一翼を担ったではありませぬか」

目を凝らし左内は宗次郎を責めた。

「それは、文章を調えたのはそれがしでござるが、以前にも申しましたように、全国御用金令そのものは、田沼さまと用人の三浦庄司殿で考え出されたものでござる」

心外だとばかり宗次郎は持っていた弓を畳に置いた。

やおら左内は宗次郎に向き、

「土山殿、全国御用金令を潰《つぶ》して頂けませぬか」

と、頼んだ。

「はあ……」

宗次郎はまじまじと左内を見た。

「潰すのが天下の為《ため》ですぞ」

左内は言った。

「そのようなこと、勘定組頭たる拙者がやれるはずはございませぬ」

宗次郎は口を尖《とが》らせた。

「そんなことはない」

「出来ませぬ」

「いや、やるべきですぞ。でないと、土山殿、田沼さまばかりではなく土山殿も多くの敵を抱え、やがては……」

左内は言葉を止めた。

「そんな……」

　宗次郎は恐怖に駆られた。

「土山殿、腹を括りなされ」

　左内は迫る。

「しかし、田沼さまに逆らうことはできませぬ」

「いや、全国御用金令は潰すべきです」

「しかし、どうすれば潰せるのか」

　宗次郎は途方に暮れた。

「法令を徹底させる為、勘定所から各大名藩邸に書状を送るのですな」

　左内は思わせぶりな笑みを浮かべた。

「どのような……」

　宗次郎は問いただす。

「その書状に大名が反発するような文章を入れてはいかがでござるか?」

　左内の提案を受け、

「どのような」

「たとえば、担保でござる」

「担保は年貢の一部ですが……」

「領知を担保にする、と一文を記されてはいかがですか」

「そんなことをすれば、余計反発を食らいますぞ」

「だからいいのではござらぬか」

左内は笑った。

五

全国御用金令への批判が高まる中、八月になって将軍徳川家治が病に倒れた。

意次は家治を見舞う為、中奥を訪れたが面談は叶《かな》わなかった。何が原因なのか、どんな病を患っているのかも一切知らされない。

意次の耳にも入れられないことで病の重篤《じゅうとく》さが想像され、それだけに意次の心配は募った。

「上さま……」

家治の身を案じながら、意次はひたすら仕事に没頭した。しかし、印旛沼干拓は失敗し、全国御用金令への反発の声は大きくなるばかりである。

下城しようとしたところで水野忠友と目が合った。すると、忠友は目をそむけ、避けようとしているのは明らかであるが、意次は、

「忠友殿、お話が」

と、引き止めた。

正面から声をかけられては忠友も無視できず、意次に向き直る。意次は用部屋近くの小座敷に誘い、忠友と対峙《たいじ》した。

まずは、家治の容態を案じてから、

「印旛沼干拓はひとまず中止しようと存ずる」

と、告げた。

忠友はうなずき、

「それが妥当ですな」

と、賛同した。

「愚痴になってしまいますが、もう少しで普請が成るところでござった。先月の大雨さえ降らなければ、年内には……災害ばかりはどうにもならぬ。いや、愚痴をお聞かせし、申し訳ござらぬ」

意次は頭を下げた。

忠友は首を左右に振り、

「天災は人智《じんち》を超えたもの。田沼殿が責めを負うべきではござらぬ」

と励ました。

このところ、忠友から険悪な雰囲気を感じていただけに、この言葉は意次の胸に沁《し》みた。忠友は続ける。

「いかがでござりましょう。印旛沼干拓と共に全国御用金令を撤廃なさっては」

忠友の提案を、

「それはできませぬ」

意次は拒絶した。

忠友は膝を寄せ、

「これは、老中としてではなく、友として申し上げるのですぞ」

と、眦《まなじり》を決した。

忠友の忠告に対し、意次は居住まいを正した。

「浅間山の大噴火、奥羽の飢饉《ききん》に続き、今回の豪雨も田沼殿の悪政のせいだという評判が立っております。むろん、無責任な民どもが好き勝手に言い立てておるだけで、不満、鬱憤を田沼殿にぶつけておるに過ぎませぬ。ですが、今回ばかりは民ばかりか、諸大名からも怨嗟《えんさ》の声を耳にします。全国御用金令は撤廃されよ」

忠友は言った。

意次はしばし思案の後、

「諸大名からの評判はそんなにも悪うございますか」

意外であった。

理解が得られるよう勘定所から文書を送ったが効き目はなかったということか。

意次の心中を察したように、

「勘定所の文が不興を買っておるようですぞ」

忠友によると、勘定所の文には貸付にあたって、領内において担保とする領知を明らかにし、検地帳を添えるよう書いてあったそうだ。

「なんと」

意次は絶句した。

「以前の上知令の例がありましたので、担保にした領知を取り上げるのが目的だ、と諸大名は騒いでおるとか。豪雨により、多大な出費を強いられた分を田沼意次は全国御用金令で補塡《ほてん》しようとしている、と勘繰る大名までおるとか」

困ったものです、と忠友は話を締め括った。

「直ちに誤解を解かねば……」

意次は拳《こぶし》を握り締めた。

「遅いですぞ。上さまのご病気平癒を待ち、御三家が全国御用金令撤廃を求め面談を申し入れるそうです」

そうなるより早く、ご自身の手で撤廃をなされ、と忠友は言った。

「御三家が足並みを揃《そろ》え、反対の声を上げれば諸大名も勢いづきます。先廻りして、御三家、諸大名を抑えるべきかと存じます」

声を励まし忠友は言い立てた。

意次の気持ちはかき乱された。そんなにも事態が悪化していたとは。どうして気づかなかったのだろう。そして、忠友はそんな話を何処《どこ》で耳にしたのだろう。

「失礼ながら、忠友殿は御三家の動き、諸大名の不満をどちらでお聞きになったのですか」

まじまじと意次は忠友を見据えた。

忠友は一瞬、目をそらした後、

「一橋中納言殿……で、ござる」

答えてから、茶会に呼ばれた折に、と言い添えた。

一橋治済……。

嫌な予感がしていたのだ。意次の権力基盤を揺さぶる者、それは一橋治済ではないか、と。治済が御三家を焚《た》きつけたのではないか。

意次の脳裏にふくよかでいかにも育ちの良さそうな治済の顔が浮かんだ。

負けるものか。

意次は自分を奮い立たせるように双眸《そうぼう》を見開き、

「忠友殿、ご忠告痛み入る。ですが、全国御用金令は撤廃致しませぬ。公儀の威信にかけて実施致します。御三家のお言葉は重いものではございますが、御政道には口出しできませぬ。忠友殿も覚悟召されよ」

毅然《きぜん》と言った。

忠友は何度もうなずいたが、

「残念ですな」

と、寂しげな笑みを浮かべ、座を払った。

六

山本道鬼は耕書堂で重三郎から将軍徳川家治が重い病を患っている、と聞き及んだ。

「田沼の殿さま、さぞや気を揉《も》んでおられるでしょうね」

「ご心配だろうがね、何分にも多忙なお方さ。それに、いくら田沼の殿さまだって、公方《くぼう》さまの看病や治療はできないからね……」

見える左目を道鬼はしょぼしょぼと瞬《しばた》かせた。

「ところで、道鬼先生、日向陶庵《ひゅうがとうあん》先生と若林敬順先生を知っていなさるでしょう」

重三郎に聞かれ、

「知っているさ。二人とも腕っこきの蘭方《らんぽう》医じゃないか。それがどうした」

道鬼は問い直した。

「余計なお世話かもしれないがね、公方さまのご病気、よくならないって、小兵衛さんが耳にしてきたんでね、お医者を代えてはどうかと思ったんですよ」

重三郎は言った。

奥医師の河野《こうの》仙寿院《せんじゅいん》が家治の治療に当たっているのだが、一向に改善が見られない。

「漢方で駄目なら蘭方という手があるか……」

道鬼は腕を組んだ。

「ただ、二人の先生は共に町医者だからね、いくら名医だって、公方さまのお脈を取ることはできないか……」

重三郎が嘆息すると、

「いや、田沼の殿さまなら治療に当たらせることができるさ。先例を破るのは十八番《おはこ》だからね」

早速、陶庵と敬順を推薦する、と道鬼は請合った。

ふとしたように、

「ところで、土山の旦那《だんな》も病だってさ」

重三郎は言った。

「へ〜え、そうかい。今更恋煩《わずら》いって訳じゃないだろう。本当にどっかを患ったのかね。それとも、誰袖を伴って上方見物にでも出かけたか。あの旦那のことだ、心労が祟《たた》ってということはなかろうがね」

道鬼は愉快そうに笑った。

「人は見かけによらないって言いますからね。あれで、土山の旦那、真面目なところがありますからね。じゃないと、勘定組頭なんて、堅苦しい仕事、できやしませんや。こりゃ、案外、心労が重なったのかもしれませんぜ」

重三郎の憶測に、

「そうかもね。何しろ、全国御用金令の評判、悪いどころか、撤廃させようという動きが出ているからな。撤廃になったら、土山の旦那、ただじゃすまないんじゃないか。勘定組頭は首、となっても勘定所には留まれるだろうけどね」

道鬼が返すと、

「とすると、どんな役職に飛ばされるんです」

重三郎は首を捻《ひね》った。

「そうさな……どこかの天領の代官かもな。そうなりゃ、土山の旦那にはむしろいいんじゃないか。代官という役職は旨《うま》みがあるからな。待てよ、蝦夷地の代官かもしれないよ」

道鬼の考えに、

「そうなりゃ、道鬼先生、ますます蝦夷地の暮らしが楽しみですね」

重三郎と道鬼は笑い合った。

家治の容態は悪化していった。

中奥、大奥も家治の平癒を願い、田沼意次が推挙した蘭方医が治療に当たるのを了承した。日向陶庵と若林敬順が町医者であることに抵抗の声があがったが、それも止《や》む程に家治の容態は悪くなる一方なのだ。

粥《かゆ》どころか薬を飲むのもままならない有様である。

陶庵と敬順は慎重の上にも慎重に診断をし、薬を調合した。

七

治済に呼ばれ、中野清茂は一橋邸に赴いた。

治済は、

「上さまのお見舞いに参りたいのだが」

家治の容態を確かめたいようだ。

「畏《おそ》れ入りますが、上さまはどなたのお見舞いもお断りしております」

憂鬱な顔で清茂は答えた。

「そんなにお悪いのか……」

治済はため息混じりに家治の身を案じた。

「それで、窮余の一策としまして、田沼さまが推挙なさった二人の蘭方医が治療に当たっております」

清茂の言葉に治済はおやっとなり、

「奥医師に蘭方医などおったか」

「町医者でございます」

「町医者如《ごと》きを上さまの治療に当たらせるとは、田沼め、無礼にも程がある」

治済が怒ると、

「名医だそうです。それゆえ、田沼さまは二人に奥医師の身分を与え、中奥に入れた次第でございます」

言い訳のように清茂は説明を加えた。

苦々しい顔で治済は聞き、しばらく意次の悪口を並べた。それから、

「上さまが平癒なさらないことには次の一手が打てぬ」

「御三家の登城、上さまに拝謁《はいえつ》して全国御用金令撤廃を求めて頂く、のでございますね」

清茂は言った。

「そうじゃ。このままでは、田沼め、全国御用金令を強行するぞ。そうなれば、御三家を含む諸大名は田沼に首根っこを押さえられる。田沼は安泰。当分は幕閣を牛耳ることとなる」

それは困る、と治済は嘆いた。

「お考えに逆らう訳ではないのですが、上さまは田沼さまを大変にご信頼なさっておられます。たとえ、御三家の当主方に意見をされましても、田沼さまが止めるとおっしゃらない限り、全国御用金令の撤廃はなさらないのではないでしょうか」

清茂は考えを述べ立てた。

そんなことはない、と治済は否定しようとしたが、

「そうかもしれぬな……ならば」

と、両目を瞑《つぶ》った。

声をかけようとしたがかけられる様子ではなく、口を閉ざし辞去しようとした清茂を、

「清茂……」

治済は側《そば》に招き寄せた。

只《ただ》ならぬ雰囲気に清茂は緊張しながらにじり寄った。

「そなた、覚悟はあるか」

治済は言った。

清茂は心臓の高鳴りを覚えた。

治済の表情と所作に、秘められた企《たくら》みと強い決意を感じたのだ。

生唾《なまつば》をごくりと飲み込んだところで、

「上さまをお楽にして差し上げよ」

治済は言った。

「……そ、それは……いかなる意味で……ございますか」

その言葉とは裏腹に、清茂は治済が発した言葉の意味がわかっていたが、治済の真意を確かめずにはいられなかった。わかるのが恐《こわ》いのだ。

言った治済も恐れを抱いているようで、しばらく黙っていたが、やがて吹っ切れたような笑みを浮かべ、

「言葉通りだ。お苦しみから上さまをお救い申し上げるのじゃ。病と田沼主殿頭《とのものかみ》意次という化け物からな」

と、言った。

清茂も勇を奮い、

「上さまのお命を頂戴《ちょうだい》するのでございますね」

と、返した。

「できぬか。できぬのなら、わしの言葉、そのまま田沼に伝えよ。一橋治済が上さま暗殺を企てておるとな」

冷静になった治済はそう告げた。

「いいえ、そのようなこと、いたせませせぬ」

きっぱりと清茂は返した。

「上さまが薨去《こうきょ》なされば、田沼は大きな後ろ盾を失う。田沼を倒すには上さまに旅だって頂くしかない。むろん、これは大変な不忠じゃ。一生背負わなければならぬ罪悪であり、墓場まで持ってゆかねばならぬことだ」

淡々と治済が語りかけると、

「上さまへの不忠を背負い、家斉さまに尽くします。家斉さまに忠勤を励み、己が罪を少しでも償います」

清茂は決意を示した。

「よう申した」

治済は凛《りん》とした声を放った。

八

意次は家治を見舞うことができないので、焦燥に駆られている。道鬼が推薦した二人の蘭方医を信頼し、平癒を祈念するしかない。

登城の支度をしていると、廊下からばたばたと足音が近づいてくる。切迫した様子が伝わり、緊張が高まった。

三浦庄司が入って来た。頬が引き攣《つ》り、両目の視点が定まらない。

まさか、家治さまが……。

「う、う、上さま……の御身に……」

喉《のど》がからからになり、言葉にならない。庄司は平伏し、

「御老中首座松平周防守さまより、登城を遠慮せよ、とのお達しがございました」

と、告げた。

家治は無事のようだ、とほっとしたが、

「出仕停止とはいかなることじゃ」

強い疑問と不満にかられ、逆に意次は冷静さを取り戻した。庄司は肩で息をしてい

る。庄司の息が整うのを待つ。庄司は落ち着きを取り戻し、

「上さまのご容態が一層悪くなったそうです」

ここで言葉を止めた。

「ならば、余計に登城せねばならぬではないか」

思わず、意次は激した。

「それが……」

庄司は言葉を濁したが、意次に睨《にら》まれ、

「殿が推挙した蘭方医、日向陶庵と若林敬順が治療に当たり、調合した薬を飲んでから、上さまのご容態が急変なさったとのことでございます」

必死の形相で訴えかけた。

「なんとしたことじゃ」

蘭方が悪かったのか。いや、そんなことはなかろう。

「これは、根も葉もないことながら、蘭方医を差し向けた殿に疑念の声が大奥、中奥で上がっております」

語ってから、まことと、無責任な噂《うわさ》でございます、と庄司は強い口調で言い立てた。

怒りに胸が焦《こ》がされたが、すぐに自分を省みた。こんなとんでもない噂が立つ程に

自分は恨まれているのだ。

恨まれる原因は全国御用金令であろう。

いや、それだけではあるまい。

これまでに行ってきた政は、先例に囚《とら》われない政策、全《すべ》ては自分を信頼し、重用してくれた家治の恩に報いる為、公儀の台所を豊かにする為、それが天下万民に安寧と幸をもたらす、と信じての行いであった。

それが裏目に出た。

こともあろうに、家治の命を縮めようと企《たくら》んだ、などと疑われるとは……。

自分の政道は間違っていたのか。人々の恨みを買ってきたのか。

「御老中方が協議の上、殿はしばらくの間、登城せぬがよろしかろう、となった次第とか……」

申し訳ございません、と庄司は言い添えた。そなたに責任はない、と宥《なだ》めてから、

「水野殿は、忠友殿はいかが申されておる」

と、問いかけた。

「水野さまは殿を心配しておられます。城中には、ひどい噂を真に受ける者がおる、そんな愚か者が頭に血を上らせて田沼殿に危害を及ぼさぬとも限らない、よって上さ

まのご容態が持ち直すまで、登城は遠慮して頂いた方がよい、と」

「すると、忠友殿がわしの登城停止を言い出したというのか」

「畏れながら意知さまの一件がござりましたゆえ、御老中方もそれがよい、田沼殿の身にもしものことがあってはならぬ、と登城を遠慮して頂くことになったようです」

「なるほどな」

胸に忠友に対する感謝と疑念が渦まく。

ともかく、屋敷で大人しくしているしかない。

「わかった」

意次は着替えた裃を脱いだ。


八月二十四日、追い討ちをかけるような報《しら》せを勘定奉行松本秀持がもたらした。

御殿にある奥書院で秀持を迎えた意次は小袖《こそで》の着流しという気楽な格好だが、秀持は裃姿だ。

秀持は挨拶《あいさつ》もそこそこに、

「印旛沼干拓、中止の触れが出されました」

と、報告した。

「そうか」

登城停止の間に決定されたのにいい気はしないが、先月の豪雨で堤が決壊し、干拓普請《ぶしん》は水泡に帰し、中止せざるを得ない事態になっていた。あとは、いつ正式に触れを出すかであった為、驚きはないし納得もできる。

ところが、

「次に全国御用金令も、撤廃が決まりました」

眉間《みけん》に皺《しわ》を刻み、秀持は受け入れがたい決定を告げた。

意次は唇を嚙《か》み締め、

「覆《くつがえ》すことはできないのか」

力なく問いかけた。

弱々しく秀持は首を左右に振った。

自分が居ない間に悪評高まった全国御用金令を撤廃するとは、自分の政道を否定されたようなものだと、悔しさで胸が塞《ふさ》がれた。

「口惜しゅうございます」

秀持は苦悩を滲《にじ》ませる。

しかし、一縷《いちる》の希望はある。家治の病状が回復すれば。

強引な手法ではあるが、家治に幕閣の決定を覆してもらおう。その上で改めて全国御用金令の触れを出そう。

反発の声は大きかろうが、強行突破するしかない。

「わしは諦《あきら》めぬぞ。そなたも腹を括《くく》れ」

意次が言うと、

「承知致しました」

応じたものの秀持の声音は弱々しい。

「土山はいかにしておる。勘定所から諸大名の藩邸に全国御用金令を周知徹底すべく文書が送られたが、貸付金会所に貸付を頼む際は、担保とする領知の検地帳を添えよ、という一文があったそうじゃ。あれは、土山宗次郎の独断か」

感情の昂《たかぶ》りを抑え、意次は問いかけた。秀持は腹から絞り出すような声で、土山の判断で送られた、と答えた。

「諸大名から猛反発の声が上がる、と想像できぬ土山ではあるまい」

意次は歯軋《はぎし》りをした。

秀持は面を伏せたまま身動《みじろ》ぎもしない。

「土山は病欠のままか」

意次が問いかけると、

「病が癒《い》えず、という連絡がありました」

苦しい言い訳のように秀持はうつむいたまま答えた。病でも田沼邸に顔を出させろ、と意次は命じた。

そうか、土山め……。

土山宗次郎の魂胆が読めた。意次が貸付金会所設立の構想を明かした時、宗次郎は反対の姿勢であった。公儀貸付金申請の窓口を務め、それゆえ諸大名から多額の賂《まいない》を受け取っていたのである。貸付金会所が出来れば公儀貸付金の需要は激減する。つまり、賂も大幅に減ることになるのだ。

宗次郎にとって全国御用金令は葬《ほうむ》り去りたい法令に違いあるまい。小賢《こざか》しい企みをしおって。このままでは済まさぬ。

「土山を処分するのだ。幕閣においてあ奴《やつ》を嫌悪《けんお》する者は少なくない。公儀貸付金の窓口を担《にな》っているのをいいことに、諸大名から多額の賄賂《わいろ》を受け取っておったのは公然の秘密であった。それゆえ、千二百両もの大金を費やし、吉原の遊女を身請けできたのじゃ。その反感は大きいし、全国御用金令での勝手な担保設定は処分するに十分なる理由じゃぞ」

厳しい口調で意次は命じた。

「承知しました！」

秀持は声を励ました。

怒りの矛先が宗次郎に向き、秀持はほっとしたのだろう。

「不評を買った担保は土山の独断であるのを明らかにし、改めて全国御用金令の触れを出すのじゃ」

強い決意で秀持に告げる。

意次は心に希望の光が差したような気がした。これまでにも、数々の難局を越えてきたのである。今回もきっとうまくゆく。

家治の信頼があるのだ。意次は家治の平癒を強く願った。


二十七日、老中首座松平康福、勝手掛水野忠友、牧野《まきの》貞長《さだなが》、そして大老井伊直幸の連名で、老中の辞職を求める書状が意次のもとに届いた。

理由は病気療養に尽くすようにという好意的なものであるが、全国御用金令撤廃、印旛沼干拓中止と、相次いで幕政を混乱させた責任にも触れていた。

苦いものが意次の胸に込み上げる。

「直ちに登城致す」

意次は奥書院で控える三浦庄司に告げた。

「なりませぬ。殿は登城停止の身でござります。禁を破れば断罪されますぞ」

庄司は強く反対した。

「老中としてではなく、側用人《そばようにん》として中奥に参る。上さまのお見舞いに参上するのじゃ」

意次は言い立てた。

庄司は悲壮な顔で意次を見上げた。

と、意次は繰り返した。

「登城致すぞ」

家治の病状が回復傾向にあれば、何が何でも拝謁し、幕政の混乱を詫《わ》びる心づもりだ。そして、幕政を立て直すべく努めたい、と言上し、家治の了解を得られれば、老中辞職勧告は撤回されるはずだ。

「何を愚図愚図しておる。登城の支度をせよ」

厳しい声で意次は命じた。

しかし、庄司は動かない。目に涙を溜《た》め、やっとの思いといった風に言葉を発した。

「上さまはお隠れになられたそうでござります……」

「……なんじゃと……今、何と申した」

震える声で問い直した。

今度はしっかりとした声音で、

「上さま……正二位右大臣、征夷《せいい》大将軍徳川家治公は一昨日、天明六年八月二十五日、薨去《こうきょ》なされました」

庄司は報告した。

目の前が真っ暗になり、意次は膝《ひざ》から頽《くずお》れた。

幕政の混乱を避ける為、家治の死は伏せられしかるべき日に公《おおやけ》にされる、と庄司は言い添えた。

これで、自分の政治生命は絶たれた。

悔しさよりも、家治への申し訳なさで胸が塞がれた。

「上さまはお幾つであられたかのう……」

力なく問いかけておいて、享年《きょうねん》五十だと思い至った。意次は六十八、人間五十年と言うが若過ぎる。

「世の中、ままならぬのお」

意次の呟《つぶや》きは普段と違い、弱々しいものだった。

その日、意次は老中を辞任し、雁間詰《かりのまづめ》の身となった。

九

九月八日、徳川家治の死が公表された。

その前、五日に水野忠友に養子入りしていた意次の四男忠徳が屋敷に戻された。忠友が養子縁組解消を幕府に申し出て、了承されたのだ。

七日には老中首座松平康福が田沼意次との一切の交際を断つ、と幕府に届け出た。康福の娘が意次の亡き嫡男《ちゃくなん》意知のもとに嫁いでいたが、娘はすでに死亡していた。康福は、その娘の墓を田沼家から松平家の菩提寺《ぼだいじ》に移すといった念の入れようである。

更には意次の三女が嫁いだ奏者番の西尾忠移《ただゆき》、四女を嫁がせた若年寄の井伊直朗も妻を離縁し、田沼意次との関係を断った。

こうして、田沼家との縁切り、交際を断った大名、旗本は五十家以上に及んだ。

まさしく、潮が引くように意次を取り巻いていた勢力は去っていった。

権力の座から滑り落ちた者の常とはいえ、世の無常を感じざるを得ない。それは、裏返せば、彼らが田沼意次への好意で繋《つな》がっていたのではなく、利ですり寄っていただけという現実を如実《にょじつ》に示していた。

意次はつくづく思った。人徳があるとは思っていなかったが、ここまで掌《てのひら》を返されるとは……。所詮《しょせん》は将軍家治の後ろ盾あっての田沼意次であったのだ。意次の権力とは、盤石とは程遠い砂上の楼閣であったのだ、と。

それにしても、水野忠友の裏切りは衝撃である。最も信頼を寄せ、そもそも水野を側用人、老中に引き揚げたのは意次なのだ。それが、真っ先に意次との関係を断ったのだ。

思えば登城停止の際、あたかも意次の身を案じるような言動をしたのは、意次を陥《おとしい》れる偽りであったのだろう。

「人を見る目がなかったか……御政道を動かす内に目が曇ったのか」

いや、そうではあるまい。

確かに忠友は意次に恩を感じ、よき相談相手として尽くしてくれていた。人物も高潔にして誠実であるのは間違いない。

それが、権力という魔物に取り込まれたのだ。

十月になると、幕政は活発に動き出した。

徳川家斉の十一代将軍就任に向けた準備が始まる。数え十四歳という若さを考慮され、御三家及び御三卿《ごさんきょう》の当主が家斉を補佐することになった。御三家、御三卿が幕政に関わるのは異例だが、先代将軍家治の遺言という建前だ。

三浦庄司によると、御三家、御三卿の当主の中でも、将軍家斉の実父一橋治済が主導しているそうだ。

予想通りだ。

治済は御三家、御三卿の総意として幕政を混乱させた田沼意次の責任を問うてきた。老中の辞職には留めず、天明元年と五年に加増された二万石を没収の上、謹慎を命じてきた。

五万七千石から三万七千石に減封されたが、これは意次への過酷な処分の始まりに過ぎなかった。

処罰されたのは意次ばかりではない。

蝦夷地開拓、全国御用金令を推進した松本秀持は勘定奉行を罷免《ひめん》され、家禄《かろく》五百石から二百五十石に減封された。

さらに勘定組頭土山宗次郎は富士見御宝蔵番頭に左遷《させん》された。

十

明くる天明七年（1787）の四月、徳川家斉に将軍宣下が成された。

六月には一橋治済の強い推挙で陸奥白河藩主松平越中守定信が老中首座に就任し、その後将軍補佐役となった。

幕政経験のない、しかも数え三十と老中の中で最も若い定信がいきなり首座に就いた。八代将軍徳川吉宗の孫という血筋の良さに加え、将軍の実父たる一橋治済の強い希望が異例の人事となったのだとは、世間の専らの評判だ。

その年の暮れ、山本道鬼は日本橋通油町にある耕書堂を訪ね、蔦屋重三郎と語らった。

「ひでえもんだね」

重三郎は松平定信が行った田沼意次への過酷な処分をなじった。

十月、定信は幕政を混乱させた追加処罰として、残った田沼家の家禄二万七千石を召し上げた。田沼家は一万石に減封され、遠江相良から陸奥下村に転封し、かろうじて大名としての家格を保った。但《ただ》し、意次は下屋敷で蟄居《ちっきょ》謹慎、田沼家の家督は孫の意明が継いだ。

「白河の殿さま、将軍になれなかったって逆恨みを晴らしたのさ。聡明《そうめい》だって評判だけど、人がやることに変わりはねえやな」

皮肉を込め、道鬼はからからと笑った。

「田沼さまもお気の毒だが、土山の旦那、可哀そうを通り越して悲惨だね」

さすがに黄表紙には仕立てられませんや、と重三郎は嘆いた。

「左遷されたのはまだしも、打ち首とはなあ、血も涙もないね」

道鬼は手刀で首を切る格好をした。

土山宗次郎は富士見御宝蔵番頭に左遷された後、吉原での豪遊、誰袖の身請けという行状のため公金横領の疑いをかけられ、幕府が天明六年二月に買い付けた越後米、七月に買い付けた仙台米の支払い代金から五百両を着服した事実が明らかになり、追及を逃れるために身を隠した。平秩東作の助けで所沢の山口観音に匿《かくま》われていたが捕縛され、斬首《ざんしゅ》に処されたのである。

「ま、不幸中の幸いだったのは、東作さんが命拾いしたことさ」

道鬼が言ったように、平秩東作は土山宗次郎の逃亡を助け匿っていたのだが、幕府は東作を急度叱《きっとしかり》処分にしたので、命だけは助かったのだ。

「生きてさえいれば、いいこともあるさ」

道鬼が言うと、

「源内先生がおっしゃると重みがあるね。東作さんの励みになりますよ」

重三郎は松平定信の政道に危機感を覚えている。質素倹約、贅沢《ぜいたく》華美を嫌い、狂歌、戯作《げさく》、錦絵《にしきえ》などを厳しく取り締まり始めたのだ。

「重さん、こういうご時世こそ、遣《や》り甲斐《がい》があるってもんだよ」

道鬼は見える左目を見開いた。

「そうですね。そうさ、お上の顔色を窺《うかが》ってちゃ蔦重の名が泣くってもんだ」

芝居の台詞《せりふ》のような口調で言うと重三郎は見得を切った。

「そうだ、田沼の殿さまが狂歌会に出席したがっているんだ」

両手を打ち鳴らし、道鬼は言った。

「そいつは大歓迎だね。やろうじゃねえか」

乗り気になった重三郎に、

「今は床に臥《ふ》せっておられるから、平癒を待って誘うさ」

道鬼は応じた。

意次は病がちになった。

仕事をしていないと患《わずら》ってしまうと、かつて冗談のつもりで口にしていた意次だったが、老中を辞して以来、実際に体調がすぐれない。

風邪をひきやすくなり、食欲も湧《わ》かない。何を食べても美味《うま》くない。

幕政に関与しなくなり、有り余った時を過ごすのが難儀だった。書見をしても集中できない。当初は無念と恨みばかりが脳裏を駆け巡っていたが、次第に怨念《おんねん》を募らせることすら億劫《おっくう》になった。

ぼんやりと眺めるのは耕書堂出版の『狂歌百鬼夜狂』である。蔦屋重三郎が主宰した狂歌会で百の妖怪を題材に詠《よ》まれた狂歌集であった。

道鬼に狂歌を教わり、意次もいくつか詠んでみた。筋がいい、と道鬼は言ってくれた。世辞と承知しつつも悪い気はしない。

体調が戻ったら、道鬼の案内で狂歌会に出てみよう。

暇を楽しむことができる目的を見つけた意次は安眠がとれるようになった。

意次がよく見る夢がある。

無限に広がる大地に黄金色《こがねいろ》の稲穂が実っている光景だ。意次にはその光景が見たこともない蝦夷地のような気がしてならなかった。

いつか蝦夷地にお連れします、という道鬼の言葉を励みに余生を過ごそう。

意次は夢の中でそう誓った。

天明八年（１７８８）七月二十四日、田沼意次は北の大地に思いを馳《は》せながらこの世を去った。

享年七十、老中を辞して二年後、夢幻の原野へと旅立ったのである。

主要参考文献

開国前夜　田沼時代の輝き　鈴木由紀子　新潮新書
田沼意次　御不審を蒙ること、身に覚えなし　藤田覚　ミネルヴァ日本評伝選
田沼意次　その虚実　新・人と歴史拡大版35　後藤一朗　清水書院
田沼意次　百年早い開国計画　海外文書から浮上する新事実　秦新二・竹之下誠一　文藝春秋企画出版部／文藝春秋
江戸時代三大悪役の経済政策　尾張宗春　将軍綱吉　田沼意次　加納正二　敏貞社
田沼意次　汚名を着せられた改革者　安藤優一郎　日経ビジネス人文庫
蔦屋重三郎と田沼時代の謎　安藤優一郎　ＰＨＰ新書
蔦屋重三郎と江戸文化を創った13人　歌麿にも写楽にも仕掛人がいた！　車浮代　ＰＨＰ文庫
蔦屋重三郎とその時代　ダイアマガジン２０２４年12月号　ダイアプレス
蔦屋重三郎と江戸の文化を彩った天才たち　ＭＳムック　福田智弘監修　メディアソフト
町人の実力　日本の歴史17　奈良本辰也　中公文庫
徳川社会のゆらぎ　全集日本の歴史11　倉地克直　小学館
江戸幕府の北方防衛　いかにして武士は「日本の領土」を守ってきたのか　中村恵子　ハート出版

解説

木村行伸

歴史時代小説は、過去を舞台にしながら現代社会を映し出す、合わせ鏡としての一面を持っている。

たとえば、山岡荘八の大長編『徳川家康』は、家康の人生に太平洋戦争後の世界のなかの日本をなぞらえている。戦乱の世を成り上がる家康と、日本の戦後復興や高度経済成長を重ねて描き、当時の経営者やサラリーマンから絶大な支持を得た。

本書、早見俊氏の『田沼と蔦重《つたじゅう》』もまた、田沼意次《おきつぐ》と蔦屋重三郎《つたやじゅうざぶろう》の活躍を追いつつも、過去の名作に連なる、現代の課題を内包した意義深い作品なのだ。

ここで、早見俊氏について簡単に紹介すると、氏ははじめ会社員として働きながら小説を執筆。その後専業作家になってからは、数多くの作品を発表し、２０１７年に「居眠り同心影御用」と、「佃島《つくだじま》用心棒日誌」の両シリーズで第6回歴史時代作家クラブ賞シリーズ賞を受賞。また『うつけ世に立つ　岐阜信長譜』が、第23回中山義秀《ぎしゅう》文学賞の最終候補になるなど、その実力を高く評価されている。現代小説、ビジネス書なども含めると、著作は現在２００冊を超えている。

近年は、織田信長、豊臣秀吉、徳川家康の戦国の覇者三人に仕えた不死身の武将・水野勝成の波乱の人生を一大冒険譚《たん》に仕立てた『放浪大名 水野勝成 信長、秀吉、家康に仕えた男』を発表。多くの戦国小説ファンから好評を博した。また、徳川家康の覇道の歩みを、彼を支えた武将たちの視点から描いた『ふたりの本多 家康を支えた忠勝と正信』と、『高虎と天海』も上梓《じょうし》。前者は、本多忠勝と本多正信がそれぞれ武と知で家康の天下取りを支援。後者は、藤堂高虎、南光坊天海を参謀役に、豊臣家と朝廷の二大勢力と向き合う家康の葛藤《かっとう》と決断が描かれる。早見俊版〝戦争と平和〟とも呼ぶべき大作である。

そんな作者が、田沼意次の激動の生涯と、陰から意次を助けた蔦屋重三郎の気概に迫ったのが本書である。主人公の意次は、旗本の出身だったが、9代将軍・家重の小姓となり、10代将軍・家治《いえはる》に仕えてからは政治の才能が開花。側用人《そばようにん》、そしてついには老中にまで上り詰める。戦のない徳川中期は、商業が発展し、武士は困窮するばかり。そこで意次は、家治の後ろ盾によって幾つもの新たな政策を打ち出す。問屋、株仲間を育成し商業資本と結び付き、商品作物栽培の奨励、下総印旛《しもうさいんば》沼《ぬま》の干拓、外国貿易の奨励、貨幣の増鋳など、積極策を立て続けに実施し、武士の困窮を減らそうと奮闘した。時に、田沼意次といえば、江戸時代の汚職・賄賂《わいろ》横行の大元締のように語られることが多い。が、近年の歴史研究では、他の幕臣の行いも意次に関連付けられた上に、反田沼派の儒者らが悪評を広めたことによって、事実以上の誇張された悪人像が広まってしまったのではないか、とも見られているのである。

一方の重三郎は、幕府官許の遊郭街、吉原《よしわら》に生まれ、長じて貸本屋に手を染める。やがて吉原に耕書堂《こうしょどう》という地本問屋を開店。戯作者《げさくしゃ》や絵師の発掘、育成に労を惜しまない、まさに生粋《きっすい》の出版人であった。

ちなみに、2025年のNHK大河ドラマ「べらぼう　～蔦重栄華乃夢噺～」は、この市井《しせい》の出版業者・蔦屋重三郎の破天荒な活躍を映像化したもので、時期的に、本編もドラマの関連小説と受け止められるかもしれない。が、案ずるなかれ。この物語が有する価値は、一般的な歴史小説とは一線を画すことを断言しておく。

とまれ、ここから先は、作品に込められた作者の真意に迫るため、どうしても詳しい内容を記さねばならない。出来ることならば、どうか本編読了後に、本稿の続きをお読みいただきたい。

物語は、天明四年（1784）三月の、蔦屋重三郎と黄表紙（通俗的な読物）の戯作者・朋誠堂喜三二《ほうせいどうきさんじ》とが、仙台藩の工藤平助が著した『赤蝦夷風説考《あかえぞふうせつこう》』について語り合う場面からはじまる。重三郎たちが蝦夷地を話題にしているときに登場するのが、老中・田沼意次に近い幕府勘定所の勘定組頭で狂歌を得意とする土山宗次郎《そうじろう》だ。当時は、町人（商人、職人）が台頭したことで、武士と町人との距離が近付き、身分の違いを越えて親しく語らうことが出来たのである。

なお、田沼意次と市井との関わりでいえば、平賀源内《ひらがげんない》の存在を外すことはできない。政治的新機軸を創出するため、広く人材を求めていた意次は、本草学者、戯作者、浄瑠璃《じょうるり》作者として名を馳《は》せた天才、平賀源内に注目。彼の長崎遊学や鉱山の採掘にも協力している。安永八年（1779）に殺人で投獄され、獄死したと思われた源内だが、本書では人知れず田沼邸に匿《かくま》われ、名を山本道鬼と変えて意次の相談役を務めている。道鬼（源内）は、世情に通じた重三郎たちからの情報を参考に、意次に政治的アドバイスを行うのだ。

こうした開放的な田沼の政治に否定的な者もいた。松平定信《さだのぶ》である。定信は、御三《ごさん》卿《きょう》の田安徳川家当主の家に生まれたが、意次の工作により白河藩主・松平定邦《さだくに》の養子に入る。これによって将軍への道が断たれ、意次に深い憎しみを抱いていたのだ。

そして、定信を反田沼派の急先鋒《きゅうせんぽう》へと誘導する、黒幕的な存在が、御三卿の一橋家当主・治済《はるさだ》であった。治済は、遠くない時期に長男・家斉《いえなり》が将軍職を継ぐと見越し、我が子に忠誠を誓う有力者を探していたのだ。家斉が将軍に就任すると同時に、速やかに権力を掌握できるよう、治済は水面下で意次の失脚をも目論《もくろ》んでいたのである。

そんな折、突然の悲劇が田沼家を襲う。意次の息子で若年寄の意知《おきとも》が、意知に賄賂を贈っていた佐野善左衛門《ぜんざえもん》に城中で襲われ、その後、命を落としたのだ。災害や飢饉《ききん》で疲弊し、為政者を敵視していた民衆は、この意知殺害事件を、賄賂で私腹を肥やした天罰であると言ってもてはやした。こうした現象に納得できない重三郎と源内は黄表紙で、意知殺害の背後には、意次のライバル、松平定信がいるという虚説を喧伝《けんでん》。世間の風潮に一石を投じるのだった。ここで注目すべきは、人は善意からも〝嘘《うそ》の言説〟を作り出し、流布《るふ》しようとする生き物だという事実であろう。

意知の死の悲しみを振り払うように、意次は用人の三浦庄司《しょうじ》、勝手掛老中・水野忠《ただ》友《とも》、勘定奉行・松本秀持《ひでもち》らと共に、新たな財政再建策をすすめる。『赤蝦夷風説考』で話題となった蝦夷地へ調査隊を派遣し、その結果、松前藩を幕府直轄地《ちょっかつち》にすればアイヌとの交易が期待できること、広大な蝦夷地の開墾が可能なことを探り出したのだ。さらに意次らは、町人・農民からの借財によって資金を捻出《ねんしゅつ》し、大名向けの貸付金会所（事務所）を設けようと発案する。この「全国御用金令」と、蝦夷地の新田開発が、窮乏の打開策になると意次らは考えたのである。

しかし打倒田沼を掲げる一橋治済は、これらの計画を狡猾《こうかつ》な手段で破綻《はたん》に追い込む。田沼派の土山宗次郎の弱みにつけこみ、宗次郎を使って意次の会所設置の重要文書を改竄《かいざん》。この書き換えによって、全国の大名は会所設立に疑いと反感を抱くようになるのだ。さらには、意次らの努力を嘲笑《あざわら》うかのように大雨が関東を襲い、甚大《じんだい》な被害をもたらす。印旛沼干拓も中断を余儀なくされる。それでも改革を諦《あきら》めない意次であったが、将軍・家治の急死によって勢いを失い、ついには失脚するのだった。意次の後《あと》釜《がま》には、当然のように松平定信が就任した。このような意次たちの結末を目にすると き、読者は気付かされよう。平時の権力闘争が、一つの戦であるということに。作者は、戦国期以降の権力者たちの対立抗争を、いわば武力なき江戸の冷戦（情報戦、諜報戦）として、私たちに伝えていたのだ。

この解説の冒頭、本書が現代的な課題を内包していると記した。それは、田沼意知殺害の背後に、松平定信がいたという嘘の黄表紙が刊行されたこと。あるいは、蝦夷地開発と全国御用金令が混同し、「無利子、無催促」の貸付金会所ができるという根拠のない噂《うわさ》が流布したこと。また幕府の文書の改竄を指しているのである。

貸付金会所の噂については、作中、勘定組頭の土山宗次郎が核心的な言葉をつぶやく。「しかし、ちょっと考えればわかりそうなことがどうして噂になって広がっているんだろうね。噂っていうのは、そうしたもんだって言えば、それまでだけど。つまり、噂ってのは話を都合よく捻《ね》じ曲げるんだ」と。いわゆるデマ、虚説とは、伝播《でんぱ》する過程で話に尾ひれがつくという事実を、作者は宗次郎の言葉で伝えているのである。ではなぜ、デマや偽《にせ》情報が今日的問題なのであろうか。

ここで現代の課題に目を向ければ、たとえば2024年のアメリカ大統領選挙において、候補者だったドナルド・トランプは移民に対する真偽不明の侮蔑《ぶべつ》的な発言で世界を驚かせた。知名度のある権力者、有力者が堂々と怪しい発言をしているのが、現在の私たちの世界なのである。それは時に、2021年のトランプ支持者による連邦議会への襲撃事件のような、大惨事をも引き起こす危険性も孕《はら》んでいるのだ。こうした、情報が凶器となることを意識しながら、作者は江戸の物語のなかで、虚実の情報が氾濫《はんらん》することへの警鐘を、読者に向けて打ち鳴らしたに違いないのである。

そんな人々への警句を宿す物語だが、意外なことに結末は、田沼意次が死の床で大いなる夢を見るという幻想性を漂わせながら幕を閉じる。ここでいささか話が飛躍するが、夢、嘘、商業、旅など、本書に登場する様々な事象は、奇《く》しくもギリシア神話の十二神の一人、ヘルメスに象徴されているのである。神話とは、善悪を越えて世界の事物、存在を説いたものであるが、そうした神話的に鳥瞰《ちょうかん》した位置から眺めてみると、田沼意次という人の生涯は、なんと人間的で豊かなものであったのだろうかと、つくづく感心させられる。彼は商業が重んじられる新時代に、幕府の台所を豊かにし、天下万民に安寧と幸をもたらすことができるよう、全身全霊をささげて働いた。悪評にも怯《ひる》まず、誰も思いつかない斬新《ざんしん》で大胆な政策を立案、実行した。飢饉と自然災害によって改革の道は途絶えてしまったが、一貫して困窮する人々のために挑戦し続けた。そんな〝べらぼう〟な政治家の闘いの日々を、偉業と呼ばずして、なんと称《たた》えればよいのだろうか。

作者は、史実と現代性とロマンを同列に描くことで、誤解多き田沼意次を鎮魂し、且《か》つ私たちがデマや偽情報に惑わされないように、物語を通して精神的に成長するよう促しているのである。こうした早見俊氏の善良な人間性と、気高い文学性が、私たちを作品へと惹《ひ》きつけてやまないのだろう。

豊饒《ほうじょう》なる作者の作品群の中でも、本書は時代小説史に記憶されるべき意欲作である。その奥深い物語性を、心ゆくまでご堪能《たんのう》いただきたい。

（令和七年三月、文芸評論家）

この作品は新潮文庫のために書き下ろされた。

早見俊著
放浪大名 水野勝成
—信長、秀吉、家康に仕えた男—
戦塵にまみれること六十年、七十五にしてなお現役！ 武辺一辺倒から福山十万石の名君へ。戦国最強の武将・水野勝成の波乱の生涯。

早見俊著
ふたりの本多
—家康を支えた忠勝と正信—
武の本多忠勝、智の本多正信。家康の天下取りに貢献した、対照的なふたりの男を通して、徳川家の伸長を描く、書下ろし歴史小説。

早見俊著
高虎と天海
戦国三大築城名人の一人・藤堂高虎。明智光秀の生き延びた姿と噂される謎の大僧正・天海。家康の両翼の活躍を描く本格歴史小説。

青山文平著
春山入り
山本周五郎、藤沢周平を継ぐ正統派にして、全く新しい直木賞作家が、おのれの人生を摑もうともがき続ける侍を描く本格時代小説。

青山文平著
半席
熟年の侍たちが起こした奇妙な事件。その裏にひそむ「真の動機」とは。もがきながら生きる男たちを描き、高く評価された武家小説。

青山文平著
泳ぐ者
別れて三年半。元妻は突然、元夫を刺殺した。理解に苦しむ事件が相次ぐ江戸で、若き徒目付、片岡直人が探り出した究極の動機とは。

島田荘司著
写楽　閉じた国の幻（上・下）
「写楽」とは誰か――。美術史上最大の「迷宮事件」を、構想20年のロジックが打ち破る！　現実を超越する、究極のミステリ小説。

安部龍太郎著
信長燃ゆ（上・下）
朝廷の禁忌に触れた信長に、前関白・近衛前久の陰謀が襲いかかる。本能寺の変に至る一年半を大胆な筆致に凝縮させた長編歴史小説。

安部龍太郎著
下天を謀る（上・下）
「その日を死に番と心得るべし」との覚悟で合戦を生き抜いた藤堂高虎。「戦国最強」の誉れ高い武将の人生を描いた本格歴史小説。

安部龍太郎著
冬を待つ城
天下統一の総仕上げとして奥州九戸城を囲んだ秀吉軍十五万。わずか三千の城兵は玉砕するのみか。奥州仕置きの謎に迫る歴史長編。

浅田次郎著
憑（つきがみ）神
別所彦四郎は、文武に秀でながら、出世に縁のない貧乏侍。つい、神頼みをしてみたが、あらわれたのは、神は神でも貧乏神だった！

浅田次郎著
赤猫異聞
三人共に戻れば無罪、一人でも逃げれば全員死罪の条件で、火の手の迫る牢屋敷から解き放ちとなった訳ありの重罪人。傑作時代長編。

葉室麟著 **橘花抄**

己の信じる道に殉ずる男、光を失いながらも一途に生きる女。お家騒動に翻弄されながら守り抜いたものは。清新清冽な本格時代小説。

葉室麟著 **鬼神の如く**
―黒田叛臣伝―
司馬遼太郎賞受賞

「わが主君に謀反の疑いあり」。黒田藩家老・栗山大膳は、藩主の忠之を訴え出た――。まことの忠義と武士の一徹を描く本格歴史長編。

葉室麟著 **玄鳥さりて**

順調に出世する圭吾。彼を守り遠島となった六郎兵衛。十年の時を経て再会した二人は、敵対することに……。葉室文学の到達点。

藤沢周平著 **冤（えんざい）罪**

勘定方相良彦兵衛は、藩金横領の罪で詰め腹を切らされ、その日から娘の明乃も失踪した……。表題作はじめ、士道小説9編を収録。

藤沢周平著 **霜の朝**

覇を競った紀ノ国屋文左衛門の没落は、勝ち残った奈良茂の心に空洞をあけた……。表題作ほか、江戸町人の愛と孤独を綴る傑作集。

藤沢周平著 **市塵**（上・下）
芸術選奨文部大臣賞受賞

貧しい浪人から立身して、六代将軍徳川家宣と七代家継の政治顧問にまで上り詰め、権力を手中に納めた儒学者新井白石の生涯を描く。

司馬遼太郎著

胡蝶の夢（一〜四）

巨大な組織・江戸幕府が崩壊してゆく――この激動期に、時代が求める〝蘭学〟という鋭いメスで身分社会を切り裂いていった男たち。

司馬遼太郎著

城塞（上・中・下）

秀頼、淀殿を挑発して開戦を迫る家康。大坂冬ノ陣、夏ノ陣を最後に陥落してゆく巨城の運命に託して豊臣家滅亡の人間悲劇を描く。

司馬遼太郎著

覇王の家（上・下）

徳川三百年の礎を、隷属忍従と徹底した模倣のうちに築きあげていった徳川家康。俗説の裏に隠された〝タヌキおやじ〟の実像を探る。

司馬遼太郎著

人斬り以蔵

幕末の混乱の中で、劣等感から命ぜられるままに人を斬る男の激情と苦悩を描く表題作ほか変革期に生きた人間像に焦点をあてた7編。

司馬遼太郎著

燃えよ剣（上・下）

組織作りの異才によって、新選組を最強の集団へ作りあげてゆく〝バラガキのトシ〟――剣に生き剣に死んだ新選組副長土方歳三の生涯。

司馬遼太郎著

馬上少年過ぐ

戦国の争乱期に遅れた伊達政宗の生涯を描く表題作。坂本竜馬ひきいる海援隊員の、英国水兵殺害に材をとる「慶応長崎事件」など7編。

山本周五郎著
栄花物語
非難と悪罵を浴びながら、頑ななまでに意志を貫いて政治改革に取り組んだ老中田沼意次父子を、時代の先覚者として描いた歴史長編。

山本周五郎著
ながい坂（上・下）
人生は、長い坂。重い荷を背負い、一歩一歩、確かめながら上るのみ――。一人の男の孤独で厳しい半生を描く、周五郎文学の到達点。

山本周五郎著
樅ノ木は残った
毎日出版文化賞受賞（上・中・下）
仙台藩主・伊達綱宗の逼塞。藩士四名の暗殺と幕府の罠――。伊達騒動で暗躍した原田甲斐の人間味溢れる肖像を描き出した歴史長編。

山本周五郎著
正雪記（上・下）
染屋職人の伜から、〝侍になる〟野望を抱いて出奔した正雪の胸に去来する権力への怒り。超大な江戸幕府に挑戦した巨人の壮絶な生涯。

山本周五郎著
夜明けの辻
藩の内紛にまきこまれた二人の青年武士の、友情の破綻と和解までを描いた表題作や、〝こっけい物〟の佳品「嫁取り二代記」など11編。

山本周五郎著
人情武士道
昔、縁談の申し込みを断られた女から夫の仕官の世話を頼まれた武士がとる思いがけない行動を描いた表題作など、初期の傑作12編。

池波正太郎著

男（おとこぶり）振

主君の嗣子に奇病を侮蔑された源太郎は乱暴を働くが、別人の小太郎として生きることを許される。数奇な運命をユーモラスに描く。

池波正太郎著

上意討ち

殿様の尻拭いのため敵討ちを命じられ、何度も相手に出会いながら斬ることができない武士の姿を描いた表題作など、十一人の人生。

池波正太郎著

おとこの秘図（上・中・下）

江戸中期、変転する時代を若き血をたぎらせて生きぬいた旗本・徳山五兵衛――逆境をはねのけ、したたかに歩んだ男の波瀾の絵巻。

池波正太郎著

堀部安兵衛（上・下）

因果に鍛えられ、運命に磨かれ、「高田の馬場の決闘」と「忠臣蔵」の二大事件を疾けた赤穂義士随一の名物男の、痛快無比な一代記。

池波正太郎著

編笠十兵衛（上・下）

幕府の命を受け、諸大名監視の任にある月森十兵衛は、赤穂浪士の吉良邸討入りに加勢。公儀の歪みを正す熱血漢を描く忠臣蔵外伝。

池波正太郎著

さむらい劇場

八代将軍吉宗の頃、旗本の三男に生れながら、妾腹の子ゆえに父親にも疎まれて育った榎平八郎。意地と度胸で一人前に成長していく姿。